北岳诗库

孔令剑
— 主编 —

提 灯 的 人

WEN XIULI
WORKS

温秀丽 —————————— 著

山西出版传媒集团　北岳文艺出版社

·太原·

图书在版编目（CIP）数据

提灯的人/温秀丽著.—太原：北岳文艺出版社，2018.5
（北岳诗库/孔令剑主编）
ISBN 978-7-5378-5607-2

Ⅰ.①提… Ⅱ.①温… Ⅲ.①诗集－中国－当代 Ⅳ.①I227

中国版本图书馆CIP数据核字（2018）第097933号

书　　名：提灯的人
著　　者：温秀丽
策　　划：续小强
责任编辑：王宜青
书籍设计：张永文
印装监制：巩　璠

出版发行：山西出版传媒集团·北岳文艺出版社
地　　址：山西省太原市并州南路57号
邮　　编：030012
电　　话：0351-5628696（发行部）
　　　　　0351-5628688（总编室）
　　　　　0351-5628692（综合项目开拓中心）
传　　真：0351-5628680
网　　址：http://www.bywy.com
E-mail：bywycbs@163.com
经 销 商：新华书店
印刷装订：山西万佳印业有限公司

开　　本：890mm×1240mm　1/32
字　　数：146千字
印　　张：6.75
版　　次：2018年5月第1版
印　　次：2021年1月山西第2次印刷
书　　号：ISBN 978-7-5378-5607-2
定　　价：39.00元

本书版权为本社独家所有，未经本社同意不得转载、摘编或复制

策划人语

"诗歌出版"是北岳文艺出版社的重要传统。前有"黑皮诗丛",后有"天星诗库",皆为中国当代诗歌杰出诗人之重要出发地。更有"外国名诗珍藏",如今依然为广大诗歌爱好者所珍赏。

"北岳诗库"赓续如此光荣传统,其目光聚焦山西诗歌这一繁盛沃土,其旨在于不间断展示山西诗歌创作实绩,更瞩望为山西诗人造一清静小园。

"北岳诗库",是我们探求共建共享出版模式的开端。大风吹宇宙,红日照高山。祈愿"北岳诗库",如恒山一般,巍然耸立。

续小强
2018年2月2日

目 录

第一辑　隐匿

悬崖上的春天　／ 3
梨花，那些虚构的疼　／ 4
在一朵花里安放自己　／ 6
露　／ 7
静水　／ 8
风之心　／ 9
蝴蝶结　／ 11
青铜之下　／ 12
片刻　／ 13
来时路　／ 14
后半生　／ 15
暮晚　／ 16
失眠记　／ 17
用一星烛火修补今生来世的缘　／ 19
遇见你的良辰美景　／ 20
流光　／ 21
一指流沙　／ 22

虚构   / 23

虚掩的门   / 25

潜伏的河流   / 26

午夜书   / 28

消逝   / 29

缺口   / 30

我们   / 31

棋子   / 32

第二十二封信   / 33

寂静之声   / 34

风吹不动光   / 35

睡前书   / 36

退场   / 37

春日   / 38

第二辑　断裂

这一年   / 41

如果允许爱   / 42

一粒沙的孤独   / 44

雁北以北   / 45

时光的骨骼   / 46

独坐   / 47

邂逅   / 48

提灯的人   / 49

初春或更深的呼吸   / 50

大悲舞　　/ 51

假想的空间　　/ 52

原谅我写下的这些文字　　/ 53

定风波　　/ 54

回声　　/ 55

一直退到尘埃里　　/ 56

中年　　/ 57

江湖　　/ 58

一个人的江湖　　/ 60

两个人的江湖　　/ 61

望秋风　　/ 62

立秋　　/ 63

抵达　　/ 64

一个人的雪　　/ 65

雪下得这么干净　　/ 67

大雪　　/ 68

小雪　　/ 69

走不出的岸　　/ 70

阳光　　/ 71

与你浅斟低吟　　/ 72

念　　/ 73

愿　　/ 74

雨的印记　　/ 75

稻草人　　/ 76

仿佛　　/ 77

镜中人　　/ 78

门　　/ 79

瓷或诗　　/ 81

草木之心　　/ 82

绝句　　/ 83

清白　　/ 84

第三辑　旧日

原罪　　/ 87

旧日　　/ 88

人间四月天（组诗）　　/ 89

午夜书　　/ 92

一棵风中行走的草　　/ 93

枯树　　/ 94

早课　　/ 95

雪·忆　　/ 96

听雨　　/ 97

远方　　/ 98

一滴酒里的慢　　/ 99

相遇　　/ 100

暗香　　/ 101

奶奶　　/ 102

布偶　　/ 104

一条路　　/ 106

月亮湾　　/ 107

虚妄之词　　/ 108

归路　　／ 109

空城　　／ 110

搁浅的心　　／ 111

夜宿瑞云寺（组诗）　　／ 112

中陵湖　　／ 115

杀虎口的黄昏　　／ 116

用一首诗歌喊故乡　　／ 117

被一只瞳孔放大的乡愁　　／ 118

雁家湖　　／ 119

祈祷　　／ 121

灯火　　／ 122

呈现　　／ 123

我相信　　／ 124

第四辑　遇见

此岸，彼岸　　／ 127

我和阳光走在红尘里　　／ 128

日光岩寺　　／ 129

与苍茫对坐　　／ 130

我是多么喜欢这些　　／ 131

梦蝶泉　　／ 132

观音寺　　／ 133

大相国寺　　／ 134

普渡溪　　／ 135

八斗镇亦或八斗岭（组诗）　　／ 136

笔架山　　／137

砚台塘　　／138

鼓浪屿的倒叙　　／139

鹳雀楼　　／140

莺莺塔　　／141

普救寺　　／142

慈云极乐寺　　／143

磨心山·白峰积雪　　／144

临东海，听涛　　／145

晃动的记忆　　／146

烟波里的临川（组诗）　　／147

把爱写在日泉和月泉　　／149

明水湖　　／150

雷公岭上木鱼石　　／151

文昌桥的诱惑　　／152

万魁塔，来去不想见　　／153

过客　　／154

澧水穿过我的身体　　／155

一条鲤鱼的前生后世　　／156

光福寺，月光下的佛　　／157

月河，散落在尘世的蛊　　／158

第五辑　散曲　　／159

阳春白雪　　／161

梦江南　　／163

疏梅弄影　　／165

高山流水　　／166

花开无尘　　／ 167

静水无痕　　／ 168

独上西楼　　／ 169

一条河的火焰　　／ 170

人祖庙　　／ 172

人祖山听雨　　／ 174

与孔山寺亦或窟窿寺相遇　　／ 175

石头　　／ 176

爱上一条河　　／ 177

幽兰赋　　／ 178

澧水桥　　／ 179

爱上你和我的孤独（六章）　　／ 180

状元桥　　／ 184

神柏　　／ 185

花开现观音　　／ 186

初雪，一阕清词　　／ 187

瑞云寺　　／ 188

再访瑞云寺　　／ 189

隐于繁华中的雁门长城　　／ 190

皮囊　　／ 193

做一个温暖的人（后记）　　／ 196

第一辑 隐匿

悬崖上的春天

已经远离流水和繁花
作为悬崖边上的一棵树
所有的记忆
一半在风雨里,一半在霜雪中

我不能代表阳光
温煦山崖上的其他草木
也不能代表任何一粒鸟鸣
叫醒缠绕在山腰上拨不开的云雾
只能是自己
弯下腰身捡拾遗落在背影里的光阴

我的春天揉在了石缝里
扭曲,攀升
身体上一道道风霜划过的裂痕
无风时,也会说出疼痛

梨花,那些虚构的疼

是的连同那朵梨花还有梨树的根
都是我要叙述的一部分
她们劫持了我的视觉让我空无一物

虚拟过许多邂逅的场景
画出春天和站在春天里的我
也仅此而已
我眼中的梨花是恬静出尘的
是时光深处的灯盏
守着单薄的内心
彼此交换唯一的灯火

该走的都走了
草尖上的锋芒成为火焰点燃善良和纯洁
我是唯一的苦行僧
把两根琴弦一刻不离地背在背上
一根柔软一根坚硬
就像河流相互拥抱着取暖

而你是虚构的
只有在我虚构的场景里
用眼睛运走
那条刻在心口隐隐作痛的旧伤疤

在一朵花里安放自己

除了在春天咽下更大的风和雨
我只能用笔记下一场无法兑现的承诺
在一抹暮色与我的心间
在我的心与你的距离之间
一个被人重复多年的故事风生水起

四周静寂安然这并非来自一个人孤独的心境
梨花，在你面前我藏不住自己
只好藏起身体深处漫上来的疼痛
用一朵花开的时间爱上祈祷
用滹沱河的水写尽沧桑

浅草之上光阴的黑马慢慢走过
慢到一个人的泪水不敢轻易流下来
是的，我轻缓地走或者停下来
闭上双眼把灵魂中的某种东西
埋进你的蕊中
缩小自己来承接内心的安宁
不说遥远不说苍茫
只说你的温良让我进退自如

露

草与草之间的缝隙
空出了婉转的鸟鸣、虫豸的弹奏
夹杂着一个人身体里
越来越重的烟火色
那么轻,那么暖

一滴露是断了无数次的水
每一颗都有自己的灵魂
它们的岸是草尖,是轮回里的香气
是风雨过后遍布尘刹的绿

而我,总是心不在焉地把露写成露水
就像写彼的时候,一定有此同在
譬如爱恨,譬如你我

此刻,在一颗露的背后重逢
只要你心中默念我用旧了的名字
我就会微笑着答应
你说过,生命里的水转几个弯
最终会回到原点,回到最初

静 水

无法拒绝一滴水的慈悲
在她即将消失的时候
我的手停止了颤抖
隐匿在尘世间的黑白
开始无止境地扩张

月色覆盖着水
水覆盖着蔓延四周的孤独
在人们看不见的角落里
一个人放弃了和影子纠缠
另一个人却把火
托在了手心里燃烧

隔岸观火的人哼唱着旧词里的戏文
潜在他胸腔里的波浪
纹丝不动
白头的芦苇摇晃了几下
我种下的草就成了一味药

风之心

需要风听见我的祈祷
需要忘掉身体上的多处伤疤
顺从地接受风中的沙尘
它把炊烟、河流、繁华和萧索
收拢在一张网里慢慢融掉
就像悬挂在夜空之下的那只枯蝶
在特定的场景中变得完美和透明

一场风的内心是辽阔的
它装得下千山万水
从人们手心里取走的温暖
在谁的指尖和一管短笛上停留
曾经的柔软拯救不了
现时的荒凉和寂寞

在一首首荒诞的诗歌背后
一缕檀香与一轮明月
读懂潜伏在风中锋利的刀刃
把一盏盏俗世的灯火举过了头顶
盛下天涯,盛下暗处的漩涡

在星辰布满天空的时候
提着我热爱的草木和山川
允许风，在我镂空的桥头安坐

蝴蝶结

刚看到书桌边上的团扇
看到一川烟雨途径我的山水
蝴蝶结就从一股清风里悄然走出
它还是小时候的样子
别着几缕垂下眼睑的发丝

曾被光阴封存的童年
一点一点醉在我的背后

石子路，半堵土墙，歪脖子树
一一坐在夕阳下的柴门前
等着谁轻轻叩响茂密的藤蔓
等着清清脆脆的一声"猜猜我是谁"

这清脆一回回徘徊在梦里
是我一直想要的时光

青铜之下

很想停下来
找到那把遗失很久的青铜之剑
她低头慢慢地走在火中
历史的尘烟碎了她的素颜

我的王从春秋战国走来
从江山背后走来
左手提着火焰，右手提着烈酒
卧薪尝胆只是故事中的一个铺垫

多少白发如霜，多少金戈铁马
一声声离愁，一步步回首
从千年之前走到今天
怀抱琵琶的人是断肠的殇

旧梦，无路可走
而我再一次丢失了故土
丢失奔腾在体内暗暗啜泣的灵魂

片 刻

我不敢确定
是否可以继续爱你或恨你
在低垂的光阴里
风在动云在动
沧桑也在动

我能确认的
只有站在影子里的自己
拧干加在语言里的水分和盐
我渴望一场深睡眠
忘掉烦躁,忘掉贪嗔痴
片刻之后
水落石出的结果虚幻着
那不是我想要的
就连我是谁都恍惚起来

来时路

忽然之间,想起一句话
"我要用我的渺小爱你"
这句话像一把锤子捶打着我的心
必须珍藏,必须把它揣在怀里
随我的起居释放它的味道

为了它,我要原谅和宽容那些偏狭自私的人
他们除了金钱和利益已一无所有
远离孤独的人活在虚妄里

借一杯浊酒逼出体内的寒气
所有来路上的每一条缝隙
浸在一个个需要发酵的词语里
想念用旧了的火
和融在万物气息里原封不动的自己

后半生

只需轻按时光的纽扣
后半生就隔在一滴水之外了
上班下班,熬煮文字里的春秋
浇花,喝茶,读书,写些虚无的文字
坐在藤椅上对着漫天飞翔的夕光
给远在他乡的亲人打电话
用我的皱纹、白发和老年斑
喂养每一寸慢下来的时光
然后在一幅古画里或《诗经》中寻找
一缕归乡的炊烟几只飞远的雁影

后半生的温暖是这么辽阔
为此,我保守着自己的秘密

暮　晚

今天的黄昏不见得
和往日的有什么不同
黛色的远山顶着还未消融的雪
保持着看不见的沉默

大地的苍茫是黄昏唯一的浪漫
一只喜鹊从一簇草丛里叼走了落日
请给我一个能把无垠的辽阔放得下的理由

我的远方，北斗七星正在倾斜
酥油灯的光芒里
有着躲不开的红尘和万物的诉求
已经错过的正在经历的
贴近我的胸口，在骨头和骨头之间
匍匐着，寻找一场盛大的落幕

失眠记

一些光晕开始弥漫
眼中斑驳的颜色越聚越多
一些杂乱无章的词句开始蔓延
有人在河边悠闲地垂钓
有人用一把二胡弹奏着悲苦

细碎的瓷说不出被火淬过的疼
飞奔的马牵着离人的惆怅
我只幻想着自己的远方
它包容着步履蹒跚的暮年
苍茫的夜色浣洗着
渐渐膨胀起来的奢华和虚无

暗夜的黑色变成尖锐的刺
刺向四周的安静压迫着我的呼吸
一滴水切开一首诗的内核
我开始遗忘两手举着灯火的人
恍惚的人和事
注定要在一个弧度里

从彼此的身体中
掏出光亮掏出春天
掏出泥沙俱下的曾经

用一星烛火修补今生来世的缘

没有一个人选择用一滴水的方式爱你
靠它的透明和纯洁来提炼爱
说实话,我不希望
我们之间的渡口,始于水而又止于水

我要用三千青丝缠绕你
用几万颗红豆的魂牵挂你
我心疼你,而泪水只能挂在心尖
在暗夜里拿出一再地掂量

借你的半盏月光剖开一世的浮尘
搬动所有的动词,爱着你沧桑的眼神
爱着你额头的鱼尾纹

如果你愿意,我会把更多的时间留给你
会在每一颗红豆上刻下你的名字
用一星烛火修补今生来世的缘

遇见你的良辰美景

多希望那只白狐
为彼此之间燃烧的火焰修行和等待
辗转的光芒荡漾着扭曲着,从冷却到温暖
那面对弦月流泪的人只有我

我必须习惯出入于每一个夜晚
习惯望着满天的星星,想你
习惯月下舞动水袖跳一支霓裳曲
在一支箫管的长短调里放纵一回自己
如果你感觉到一粒尘埃的心跳
那是我在你的左边筑梦右边祈祷

持有红豆的碗盏和香台
点燃蔷薇的利刺
在七夕遇见属于你的良辰美景
那是我刺破自己给来世打下的伏笔

流 光

暮色辽阔
我的鱼和水却隔岸相望
早逝的春光坐在一阕词里
隔着一颗红豆的孱弱
一朵花催生了新的暗器
蛰伏在天河边还原最初的温情

我知道,属于你我的流光
早已等在七夕,等在弯曲如初的鹊桥上
在某一刻小心翼翼地将温暖靠在你的肩头
放在一壶红茶的辽阔里
一半千回百转,一半荡气回肠

一指流沙

和沙子交谈
仅一秒钟的时间就触摸到它的温度
一粒沙爱上另一粒沙
彼此的孤独就算不上孤独
如果有更多的沙
就一定不在此更不在彼
而是在一个人指尖上的舞蹈

一粒沙的消弭
和时间一样潜入更深的纠缠
直到被更多的沙子掩埋

沙与沙的碰撞,伤害以及怜悯
与我只隔着掌心的纹路
沙会痛,我也痛
痛到缓慢的中年无声无息地
站在了身后

虚 构

一

再次写到青山写到流水暮年
那些芦苇仍然摇曳在我的诗词间
想象着在河之洲的她
怀揣无数灯火和自己把酒言欢

我看见她未来得及遮掩的内心
赤裸于事件之外
不知江湖深浅,只看岁月空静

她和我一样守着自己的刺
停留在某一个背景里
点缀着人世间小小的忧伤

二

檀香燃尽的时候
那只蝴蝶正好飞走了
我的心便弯向了河水
弯向了凛冽而孤独的波心
说着缓慢说着长期奔袭的疲惫

以及时光之外的另一种流水
曾经的高傲早已化成一缕柔软的光
不大不小站在
一截辽阔的春风里
带着长久的欢喜

虚掩的门

一直渴望在阳光充足的午后
有一双手推开那扇吱吱呀呀的木门
它没有门栓更没有锁

门外，星子一颗颗闪烁着
门内，一把谷子
静静地躺在灶台上与灰尘、蜘蛛网一起
保持着沉默

谷穗、田野和那双温暖的手
变得遥不可及
越来越细小的光芒
越来越远的犬吠人声

在这扇门的后边
我就是一把遗落在灶台上的谷子
用一只耳朵温暖另一只耳朵的幻听

潜伏的河流

此刻,让我饱含热泪的是
时间正在消解着一个人的谎言
真相隐藏得越来越深
就像一片立在枝头风光无限的叶子
早已忘记腐朽的味道

踏遍千山万水
找一些光亮和温暖来填补
一座妄想的城
那里囚禁的不仅仅是天空的空
还有众生更多的贪恋

把河流剖开
我会怀抱两滴水
带着沉甸甸的思量
成为自己的孤岛
放弃近处的市声和繁华
不提破裂的骨头能否恢复如常
更不会说出潜伏的河流如何覆盖山光和水色

如果可以，我仍然选择沉默
并于蜿蜒不断的河流之上确认自己的身份
一滴水坚韧，一滴水柔软
它们总是流淌在我的血脉里
和我一起抱团取暖

午夜书

时常会向内心讨要善良和包容
从生活的夹缝里抢回纯洁
争夺回微小的看不见的那点尊严
听一列列火车划过铁轨的声音
会莫名地想起被时间碾过的事件和人
疼痛毫无征兆地来临

夜无边
它的黑在我的视野中一点点消失
或许,此刻之后
它们会在其他地方一点点升起来
并遇见什么
或许,只是挂在蜘蛛网上的一粒尘埃
或许是被晨光惊醒的一只鸟的影子

渗在指间的沙砾慢慢流逝
细碎的伤害、对抗和断裂也会消失
我会在任意时刻
用几个温暖的字词
解救自己回到最初的单纯和简单

消 逝

时光越来越薄
那把用了二十多年的刀也越来越钝
我是寄居在时间深处
被无数双手打磨过的那只玉镯
生命中属于石头的部分
只有雕琢只能雕琢

能够接受雷电霜雪,可以认领
某一时刻温柔地摩挲
那些留在腕间的空白继续空下去吧
就当是给时间的誓言或者承诺

点染或放任,珍藏或破碎
时光还是越来越薄
从身体内取火,锻造
江河、山川、田野和我
最终是一张纸上描画的事物抑或场景

缺 口

是时候了。
必须用我的爱打开缺口
让柔软击碎坚硬
能在绝壁的缝隙里见到阳光

南山的菊有绕不开的水声
就像拒绝尘埃的清水绕不远尘埃
它孤独,它的孤独我替代不了

只能替它写下凋落和伤怀
流水抵达不了的地方
字词就是菩提,就是一座桥

我 们

我的呼吸布满兰草的香味
前方那盏孤独的灯火
闪电一样爬上眼角的皱纹

路过的风雨由浅入深地相逢
就从这儿开始吧
你、我、我们
褪去一路奔波的风尘
褪去繁华和渐渐蔓延的荒芜
在水里找一柄柄烛火
捂热一米阳光、半盏月色

针尖上的日子继续起舞
忍着痛点燃我们面前的炉火
一半向西,一半向东

棋　子

所有的一切都是设好的局
只待掌控布局的手或轻或重地落下来
就能弹起楚河汉界上空的万丈红尘

我就是其中一颗被下了蛊的棋子
进退冷暖由不得自己
巨大的空旷和瞬间的宁静
一次次地裂变、重合
不停变换的身份让我非常痛苦

在想象和虚实之间突围
谁牵制谁，谁是敌，谁是友，我又是谁
江湖的黑白只能是黑白

第二十二封信

当我写下"亲爱的"这三个字的时候
窗外有闪电犀利地划过
不敢再写下任何一个与你我相关的文字
担心看不见的火焰会无声地带走
那份相依相伴的气息

回头看着倚在床头读书的你
心底的柔软荡漾开来
在这样一个电闪雷鸣的夜晚
我们默默地陪着彼此
安静到一个眼神说尽了此前的风雨
一个手势便是晴天便是安好

我说过,我们就是相互依存的两滴水
大滴是你,小滴是我
取暖或者凝固都是彼此灵魂的一部分
所以,"亲爱的"
既是第二十二封信的开始也是结尾
任何的过度都是多余和累赘

寂静之声

侧耳。雨水正落下来
一滴落在树叶上
一滴跌在河里
一滴不紧不慢地敲打着窗玻璃

努力打开耳朵,雨穿过万物
那个空心人湿淋淋地等在雨中
等着一把伞。那么多的雨
一直等,把自己等成其中的一滴

风吹不动光

在纸上写下麦田、麻雀和日落时分的羊群
那个头戴草帽的人早与草木融为一体
风吹弯了他的腰
把一声声咳嗽撒向了田野

风来来回回吹
把花吹开又吹落
它始终不开口
从更加隐秘的高处吹过来

熟透的草籽四处飘荡着
留下的一部分被时间穿过
风只能吹动自己，吹不动光

睡前书

破誓言的后果就是没有结果
许多声音被关在门外
我正读着一个人的孤独
那是别人的,与我只是偶遇

雪在下。而你不在
我们不会重逢
你是蝴蝶翅膀上的闪电,而我是一粒沙
下一刻只会遇见所有恒河的沙
和它们亲吻拥抱
和它们说一个人的孤单

雪消了
我在一滴水和一粒尘之间
等着自己走回来

退　场

十年冷暖，有时是闪电，有时是骤雨
体内的流水豢养着各自的花朵
有时，我们会交换阳光、雨水、沙砾和霜雪
更多时候，你说的抽刀断水断的是我的河

左边的木槿移到右边
右边的丁香移到身体里
你我同时爱上了自己的影子
你用十年的时间
教会我接受麦芒的柔软
而我却用大于十年的时间
学会不说话

春 日

飞翔。这个词突然而至
就像此刻,湖水的平静是我没想到的

遍野的春风吹开繁华
一时间让我恍惚
是水在堤上,还是堤在水里

这都是我喜欢看到的情景

取雪烹茶的事已经变得遥远
停留在齿颊上的清香
比我更期盼一场倒春寒

那些光影里的一部分暗
谁也看不见
那是我的闪电和骤雨
是数不清的旧伤在春天里复发

第二辑 断裂

这一年

就这样,我和我的影子相互照看
头顶上的白霜遮盖了虚妄
那些光彩只是笔下的一场盛宴
扣住即将离散的时光

这一年,我是谁的过客
在夹缝里生存,除了虔诚于内心
忽略的太多
不得不沦陷于一个又一个局
一次转身,滴水成冰

如果允许爱

时光可以让大理石盛满人间美好的情感
却无法丈量人心的深浅
目送一只只南来北往的小鸟
想说爱,找不到理由

"当世界无情时我多情,
当世界多情时我欢喜"
一句话用了四十多年的光阴珍藏
世界浩荡,人心浩荡

此刻,如果允许爱
我会爱上四处荡漾的阳光
然后用一生的时间
爱上婴儿天使般的微笑

爱是一盏灯,亮如经卷里佛偈
那些突然砸下来的寒霜和坎坷
走不出它的光芒

要有一场雨多好,落在这辽阔里
落在你我之间。不要火不要光
你的慈悲足以扶住我的弱小和蹒跚

一粒沙的孤独

等那只立在你肩头的鸟飞走
我便在一棵树下安坐
认定它就是我此生的菩提
每一片叶子都是高悬于灵魂的善果

山与水的浩渺缠绕在一起
所有光线聚成无垠的岸
而我,只想着与四周的草木混为一体
丢弃浮躁和欲望这两个词
等待石头开花

一粒沙的世界和我一模一样
前一刻还在计较争吵,后一刻已经分道扬镳
所以相信,沙粒也会开花。

心里一直住着一座山
因而,我一日比一日孤独
这孤独是一粒沙的也是所有恒河沙的

雁北以北

雁门关以北,一定有人等着我
用向日葵的金黄涂抹着天空的蓝
一粒微尘心跳突然降临

辽阔淹没了关墙上的灯盏
一场风遗忘了雨水
时光让它们记住了彼此的味道

关外,野菊盛开,水回到了水
关内,更多的密码需要破解

雁北以北,爱在燃烧
多少烽烟下的温情和想念
是很多人的一生

时光的骨骼

伫立在感恩湖边
我不想说时间的长短
更不想说在山阴背后的那些阴影
是被太阳遗忘了的角落

草木繁华，山脉绵延
多少人随着时光的游走
而不停歇地追逐宿命里的荆棘
湖水是否安然
只有水草和鱼虾知道
每一滴水的温度和硬度
顺着时光的骨骼
在生活的尽头汲水，取火

独 坐

隔着尘世的烟火
向一尊雕塑学习安坐和淡然
风吹不动,雨淋不透
阳光明亮布满观音山的角落
此时,言语是多余的
我只想着在春光里祈祷

身边的普渡溪舒缓地流
在它宽阔的身体里我看到
自己中年的影子,弯曲满是尘垢
而你,是我在这世上唯一爱着的祈福者

一切回到山水、孤独和时间的深处
如果山和水在一个空间倾斜
我也会倾斜

邂 逅

我纠结于一滴水的重量
隔着一株水草的距离
说着江湖的远和一座山的高
说着慢慢靠拢的星辰
等夜晚缓缓降临
等星星吐露自己的光芒

光和影在重叠,此刻的天涯就在眼前
我的影子越来越清晰
要有一些波涛或者鸟鸣该多好
有回声传来,那是去年的火种回来了

风声挨着夜晚的黑
一部分进入水,一部分留给了我
它在暗处移动了山水
而我却倒退回一个词中
没有任何意义

提灯的人

一枚松针的锋芒
被时间罩着直至枯朽
飞蛾扑火的场面是壮观的
命中注定它们要抱紧疼痛绚烂一回

灯笼里的温暖渡的是夜的黑
而我是其中最黑的那部分
喊不出几千里花香喊不来几万里春风

提灯的人看不见孤独和胆怯
他提着的是光明,是藏着的十万亩桃林
是一个人对另一个人从未停止过的爱
是换了一种方式练习幸福忘掉痛苦
借灯笼里的光亮剖开自己的身世
一半的时间跋山涉水
找寻疗治人间伤疾的草药
一半时间卸下背囊里
打碎的青瓷出走的北风还有
一喝就醉的二两米酒

初春或更深的呼吸

这时候,我渴望
能在石头上凿出蓬勃有力的花朵
能够说出火焰的秘密
渐渐收敛的锋芒长成了倒刺
安慰、舔舐着一道道伤疤
它们的泪水避不开鲜艳的血

渴望一场风来临
吹散雾霾吹散被时间扯断的故事
从一粒粒光芒中拿回掉在地上的影子

一个人的孤独和一个季节的孤独
有着一样的分量和尺寸
时光尽处的那点薄凉
随着初春的呼吸矮了下去

大悲舞

慢板响起来
轻盈的红从黑暗的底色中洇出来
密密麻麻的光点重叠闪烁
巨大的洞穴从四面奔涌而来
水袖慢慢扬起一道道银白的亮光
击穿一个人内心的荒凉

纵然江山无限
我只能在这舞台上一醉方休
看遍喧嚣唱罢一曲忠魂舞
用一个人的孤独和沉醉
打开无数个人的虚无和欲望

假想的空间

如果所有的火焰深藏在一些人的内心
绕过尘世的罅隙和沟壑
绕过泪水和一些潮湿的藤蔓
成为徘徊在江湖里跌宕起伏的故事
最终会瓦解绝望瓦解更多的黑白和谎言

还是隐匿起一些疯狂吧
与一部经一缕檀香相依为伴
方的拉圆圆的弄扁
直到把一条线捋成无数个点
把另一个自己囚禁在假想的空间里
研墨舞剑对镜贴花黄

今夕何夕不需多问
我早已习惯了一个人奔跑

原谅我写下的这些文字

原谅,必须这样做
写下它们是我的使命

它们替我笑替我哭
它们替我撕心裂肺地疼
它们替我接受雷霆承受风雨
它们替我跪天跪地跪父母
准确点说,它们替我活着

我是多么无用啊
上一刻炫耀着自己的羽毛
下一刻却不得不剪掉它
唯有如此,我才能更像我自己

定风波

我第一次和自己说"对不起"
左手握着右手,像朋友一样交谈

就像现在,大夫坐在我面前
白色的液体正一点点进入血管
先是疼后来竟没感觉了

好像谁的手串左右摇晃了一下
就像摇晃在人间的我
等等,我不想这么快就睡过去
请先让我悲伤一小会儿

手术室不见了
进入血管的液体不见了
我越来越轻
离尘世越来越远

回　声

我很在乎你
当疼痛住进身体里
我确信，你来过不止一次

你举着火把照在别处
干脆把星星的光也拿来吧
这一点点微芒
比远要近，比轻要重

只是一生越来越浅
浅到只剩下草木的呼吸

一直退到尘埃里

我站在阳光下仰望
倒腾出了四十年的躁动和不安
和淤积于体内的毒素
突然之间,忘记了悲伤

草木弯曲,鸟羽打开的光芒跟着消失
如果说,地老天荒只是四个字
那我不得不抱着自己取暖

时间向前我向后
天地这么辽阔
我会一直退到尘埃里
慢慢地一点一点爱

中　年

现在，我不敢照镜子
一根根白发招摇地茂密着
成了隐在生活里的芒刺
用孤高建起的城池布满寒霜

但我相信，自己的牙齿很硬
啃得动日子，啃得动光阴
那根隐藏在暗处的光阴之线
慢腾腾地从体内穿过
缝补磨损的骨头和已经钙化了的五脏

镜子的虚幻和空忽略了风暴
那些日渐模糊的繁复还在那里
一些伤害还在那里
我还是我，仍然守着自己的姓氏
越来越旧

江 湖

眼睁睁看着一根火柴毁掉了
折叠在纸上的江湖
一个人的暮晚是张布满虚空的网
针尖刺破丝帛的声音
那么锋利,穿透了整个黄昏
没有烟火的痕迹没有刀剑出没
青苔上的薄霜恰好给把酒浇愁的人
留下了叹息的时间

独守孤城的人
看山不是山,看水不是水
倾斜的酒杯里有的是折戟沉沙
有的是水中月镜中花
一滴酒里的江湖翻手为云

我只能在自己的庭院修篱种菊
看叶落纷飞,满头白霜
将自己奉献出来
纵容他们的无知,挑剔和笑里藏刀

更纵容他们的猜忌，假面和舌尖上的毒
这被无数人重复着演绎着的江湖
反复消磨我及我们

一个人的江湖

一个写下花间词的人
犹抱琵琶反弹一曲《十面埋伏》
箫声落,楚歌起,虞姬魂断
我的楚霸王啊,血洒乌江一去不复还

楚河汉界,江山无限,
英雄们刀枪剑戟,卷土重来
而我,点娥眉,着华服,去赴一场鸿门宴
守护我的城池不被染污

一个人回到心灵的寺庙
占用一片好时光
和无数个汉字无数个自己惺惺相惜
左手画圆右手画方
方圆之间缓缓卸下坚硬的面具
谁的水谁的岸,逐年老去

两个人的江湖

三千青丝的背后戏份太重
不管是青衣还是老旦
都得从故园的旧事物里
截取一段戏文来详说因果

为了把你的英雄演得荡气回肠
从一个角色的美到另一个角色的伤
一百次有九十九回的孤独
江湖的深浅在你和我之间徘徊
浅是温暖,一盏清茶可以相依为命
深是相守,爱着另一半的一生

望秋风

你看此刻,那颗落入湖水里的石子
杳无踪迹。声音也就停顿了
此刻之后,我失去了第一粒麦子
那个赶牛车的人
不紧不慢地驮走了我的麦田
也驮走了我钟情着的落日

一处处断壁残垣在我的笔下挣扎
此时,它们的颜色和芬芳早已凋谢
绿草绵延,守不住几声鸟鸣
关于河流,关于几万里的烽火
都成了手中的一缕烟尘几粒沙砾

给我辽阔的远方
却走不出眼前的荒凉
秋风吹啊吹
挂在山墙上的那把镰刀吐出了火
贴近大地贴近庄稼的根
露出它锋刃的光芒

立 秋

我没有让任何一个词语停留
转身,指尖上的烟火味
一直在黑白之间徘徊

秋风,小叶紫檀的香味
把远方缩减成一个词

一串星月菩提的温暖
遮盖了高处的蝉鸣
不管是戴于腕上还是悬于胸前
只待明月初升
点灯,燃香,剔除心中苍茫

抵 达

直到现在,我都弄不清
是普渡溪以滴水的方式抵达我心里
还是我以过客的身份抵达它
当我抵达秋天
顺手在体内打开一扇慈悲之门?

直到周围的一切静止
普渡溪才开始进入一首诗
它掏空了多余的黄昏和鸟鸣

高处的寺院把门合上
风被关在了门外
和我一样,低声地忏悔

一个人的雪

一直不想和谁说起
我的体内住着雪
它蛰伏着,跨过我的悲伤和喜悦
从早到晚,覆盖着我
安静的村庄和疾飞的小鸟

远去的已经远去
十一月的塞外,风声隐去了落叶的苍茫
体内的雪仍然不能放下尘世的倾斜
继续丈量冰与火的距离

一个人的雪是饱含记忆的
它是我另一个灵魂的存在
带着疼痛也带着爱
一想到这个
我就想起枯了又青的草
想到地壳破裂后的复合
一场雪,从开始到结束
注定和风暴一起来临

我不确定的是体内的雪
在塞北的辽阔里
是归去来兮的纯净还是
锋利无比的尖刀
也许,我是说也许
我只能从它的雪白中辨认黑白

雪下得这么干净

雪花落在一只麻雀的身上
那么多的雪纠缠在一起
干净，安然
而我，能握住的只是想象中的纯洁和透明
雪花的白让我想起母亲的白发
想起尘世里那些耀眼的光芒

雪与时光是流水与岸的关系
或深或浅或圆或方
怀揣一个姓氏，一种接近于原始的颜色
归还自己于天空于大地
还有那些故作矜持的枯树枝
亲近冗长的黑暗中这唯一的光
亲近某一瞬间重逢了的自己

大 雪

雪花大片大片落下来的时候
有一群羊从我身边走过
跳跃着,奔跑着像一团团火焰
远处几棵枯了的野菊花,黄得分外耀眼

四野空旷,落雪安静地
遮盖住了我的呼吸
放羊人的那杆别在腰间的鞭子没出声
我不想要这样的宁静,忍不住喊羊,喊雪花
一只羊歪着脑袋看着我
陌生的眼神让我打了个寒颤

雪花没有停下来
它看不见我苍茫中的单薄
听不见我起伏着的喊叫
它更不会知道
我一直喜欢逆风而行
用六条伤疤的疼痛
等梅花独开

小 雪

现在,我不用任何修饰
借红炉小火一盏红茶
打开一朵朵漫天飞舞的雪花
燃烧着的白色的火焰
一寸寸陷在天空的寥廓里
伸手索要着我的青春,我辽阔的温暖

四十多年来,每一朵雪花与我
都是最初最美的遇见
我们不说被风雨雕琢的时间
不说破彼此不能碰撞的伤痕
彼此抚慰,彼此取暖
颤抖的草尖隐藏起
自己和世间万物的倒影

必须爱。爱一些偏执卑微
和小小的幸福
爱渐渐在身体里生根的小恙
爱越来越深的孤独
在挣扎过后闪现出的寂静

走不出的岸

在构想的一些场景中,我看到你
和我一样以昆虫的触角摸索着方向
混迹于红尘中的孤单是分不出新旧的

岸不远不近
正好在一个寂静的地方
等着被一个人喊回
流水,春风,盛开的桃花
它们的繁华我无法触及

仅有的一点点蓝
除了给自己一小片干净。已所剩无几
只能在一个个文字的微光里
温顺成一朵小浪花
至于岸,它不动
水在水里,岸在岸边

阳 光

现在。我终于卸下了
沿途的疲惫和数不清的风雨
那么多的阳光穿透风,轻轻来临

是的。一瞬间冰碎了化了
前所未有的温暖进入体内
进入被钢圈箍紧的膝盖
绵密的光线,像柔软的水缠绕着
缓缓地漫过所有的心思
褪尽浮华
在阳光中行走好像从未孤独过
仿佛自己就是它的一部分

与你浅斟低吟

真不知道,我能给你什么
除了深藏在心底的热爱就剩一缕春风了
天空之外的蓝和暗处涌动的温暖
渐渐深入一朵梨花的回眸
足以让我不食人间烟火

如果任何地方都可以安身立命
可以让坚硬的骨头开花
可以让一朵花的魂魄居住在一块玉里
那么,我就是那朵与你浅酌低吟的梨花
把鸟鸣交给春天把花交给四月
把我这个将你爱了又爱的女人
交给暮色里的炊烟,这之后
我会像一首诗一样安静

念

如果你真的喜欢
喜欢将温暖分成恒河的沙子
我愿是那朵坐在水上打坐的莲
放弃温柔和美好的修辞

空气中有风在回旋
每一个字词里的光芒
横着是你的山,竖着是你的水

夜渐渐离开
更多的慈悲醒过来

愿

假如我的痴不是痴
那就注定会孤独

好多年了,解不开生活的密码
借流水说出繁华将祈祷声注入木鱼
你是知道的,时间的水怎能藏住原罪
必须割裂自己隐退在你的光芒下
才能拒绝虚无

捂住流水的柔,模仿它的回旋和舞蹈
你爱上我的同时却又忘了我
走失的风瘦了
雷电和风雨都是多余的

雨的印记

每一滴雨都有自己的语言
都有曾经都有想说出的前尘旧事
忘记花开瞬间，忘记剑拔弩张
从天而降的水啊
隐匿在暗处的门被瞬间打开

草木藏起内心的河流
一个人一世的飘零
在几粒鸟鸣和一盏灯火之间
在几滴雨里找不到完整的自己

一双绣花鞋，一把油纸伞
一个沉浮于江湖深浅中的人
在一幅水墨山水里憩居
至于一部分疼痛
好像已经开始远离
一种空正缓缓地走来

稻草人

没有人会明白
一些旧时光是有着氤氲之香气的
当风吹过旷野吹过麦浪时
不知名的野花正在怒放

而我无心的一点过失
就是在苍穹之下寻找陶寻找走失的姊妹
被光阴刈割的荒草,找不到属于自己的乡愁

没有人会知道
风吹过花朵时也吹过了我的身体
我不想辜负阳光的柔美和鸟羽的轻盈

一个人从不纠结是与非
不在乎流水和时光的区别
只在一片片薄霜里
看一把把锋利的镰刀慢慢变钝
慢慢地倒在自己的影子里

仿 佛

指尖的麻木再次提醒我
日渐苍老的时间窃取和偷换
我的容颜和生活习性

黑白之间,我把自己展开
像极了一张纸
那么多的字那么多的横竖撇捺
被打上了焦灼和疼痛的烙印

仿佛,无路可逃
悲凉顷刻而至,我深陷其中
一定有什么在暗处剥落
正如暗藏在文字深处的孤独
即使被谁拾起
也无法定义它是否在某一刻
真实地存在过

镜中人

你看着我的时候
我正瞅着你

你摊开的右掌心是空的
我把粗糙的日子放了上去
它会布满灰尘，生出老茧甚至伤痕累累

镜子是光滑的，你说
我攥着的左手悄悄地松开了
转动了几下麻木的指头
抬头望了望远处
一丝云正好从窗前飘过
然后扭头看你
你笑着，我们之间
空气开始缓缓地流动

门

侧身,把自己嵌入门里
用虚拟的颜色描摹那些后退的事物和不断消解的绿色
每一株植物都能刮破积攒了一辈子的时光
一扇透明的门。穿越火,穿越水
客居尘世

虚设晓风残月。固定在某个时刻
然后说出"爱恨随缘"
光阴无限。门外那片最饱满的光线
敲打着我失去盐分失去营养的一把瘦骨

暮色低垂。捣碎的时间
低于一盏灯的高度
潜入暗夜更深的裂缝里

相思的痛被抽象的词语剥离
我不得不表面平静地叙述一些事情的始末
澄清被篡改的面目全非的部分

门扉紧闭。我的影子先于我进入自己的光阴
流水般的旧伤再一次从我的手掌心逃走
留下了谁也拿不走的破碎

瓷或诗

瓷用尽一生只完成一首诗
一簇簇火托起的是一个会飞的灵魂

诗不一样
可以掏空瓷放进风声、马蹄声、万物之声
诗是昼和夜的记录者
能让倒下去的影子在下一刻复活

瓷，碎了
只能化为尘埃

草木之心

我不知道该怎样提起话头
那些长在山坡上的草不停地摇摆
枯荣之间的距离便是一生

一棵草的尽头
也是一个人用尽了的时间
与一棵草相遇
人即是草，草亦是人

绝 句

月亮,在山,在水
在一个人的生命深处
或圆,或缺

这么多的安静挤过来
月亮升起又落下
山是山,水是水,我却不是我
你或许也不是你
万物就这么不生也不灭

清 白

我把体内的爱
给了来来往往的清风
那些断了的水再也无法续上
这之后,我就空了
能听到回声不断地来去

我的白,只在蓝色的天幕下舞蹈
它会为我提供微芒,照亮人间
替我拒绝雪花覆盖下的荒凉
当一滴水融入另一滴
我写温暖的词,在人群里隐身

第三辑 旧日

原　罪

忽然想起蒲公英
想起竹篮里的那些水
想起撕裂天空犀利的闪电
它们在高处。众人看不见的地方
自己把自己遗忘

我仍然在回家的路上
锋利的光打开万物的倒影
有时黑，有时白
当熄灭天上的星星大地上的灯盏
我倒拎自己像拎着一尾鱼
献出了折断的骨骼和针孔里的光芒
中断的呼吸里有折叠的河流燃烧的冰
只是背对着风雨的我，越来越薄

旧 日

那把盛放了很多尘土的二胡
被我擦拭了一遍
断了的弦上堆积了太多的荒凉
正如我们的日子
在某一个点上沉默或者爆发

之前,有风绕过河岸绕过桃林
带走内心的火带走那双隐形的翅膀
带走生活里的寒霜、月光和崎岖不平的山岗

守着巨大的空洞,穿过一条又一条不同色调的路
唱着那时的歌,将明媚的山水还给你
回到圆中,等待那年那月的承诺
我们彼此埋在骨头里的痛被时间唤醒
那时,我们根本不知道
记忆和忘却只需要一个词来终结

是的,一个词
它让我内心
空出旷野、河流和绵延的春风

人间四月天（组诗）

一

被一朵盛开的杏花喊醒
我开始怀念一场雪
开始在画布上寻找一条河流的走向

几只瓢虫比我要幸福得多
自在地在瑞云寺的大殿里听经闻法
它们的世界里有佛在拈花微笑

清脆的鸟鸣停在一串念珠上
这些饱经香火的珠子
带走了尘世的一半风霜
一半的喧嚣在僧人的慈悲里

它们爱着这人间、山川、草木
爱着这春风万里的浩荡
而我，在一朵花的清香里
把尘世的苦倾泻了出来
在万物看不见的地方
一部分时光成了静止的符号

二

梨花在水里歌唱
一粒尘埃从花瓣扬起又落下
走遍堤岸寻找自己的影子
远方仍然在远方

我是那个把自己遗弃了的过客
偶尔打开藏在怀里的月亮
将一颗心放上去捂暖

三

听见了吗？湖里的水在上升，在响
我也在随着摇晃的身体在响
一枚枚铁钉截住了生活里从未停止的戾气
寻找了很久的灯盏
碎在了水里

黑暗进入轮回
倒在光影里的刀锋布满了铁锈
一株绿萝从清晨到晚上就那样下垂，下垂
夸张地长满了墙壁，恣意地绿着
我的诗却被风摇晃着
摇晃着，像风一样往远处飞

四

一把檀香木梳
无法确认我白发的根数
所有的日子都是原木色
木质的莲花有着幽深的光芒
自上而下醒着，开着，茂盛着

一把檀香木梳有春风和秋月
有一把把坚硬的骨头和一段段香
也有削尖了的孤独

午夜书

时常会向内心讨要善良和包容
从生活的夹缝里抢回纯洁
争夺回微小的看不见的那点尊严
听一列列火车走过深夜的田野
会莫名地想起被时间碾过的事件和人
疼痛毫无征兆地来临

夜无边。黑一点点消失
或许,此刻之后
它们会在其他地方一点点升起来
并遇见什么
或许,只是挂在蜘蛛网上的一粒尘埃
或许是被晨光惊醒的一只鸟的影子

渗在指间的沙砾慢慢流逝
细碎的伤害、对抗和断裂
被几个温暖的字词救赎

一棵风中行走的草

辽阔,莽苍是它给自己的定义
阳光和黑暗不是唯一
风雨过后,流萤在飞,各种光芒在飞
一棵草背上的故乡趟着月光也在飞

究竟为什么要捐出铁与火
捐出爱与慈悲
长风当歌,风声鹤唳
谁又能在一棵草的心里
种下过芳香和寥廓

时间在时间中流逝
孤独者在孤独中看清自己的色彩
一场场倒叙的变幻不定的场景
抱紧一棵草一次次的瞭望
烟柳画桥,水墨丹青
终究抵不过一颗草木之心
珍藏多年的干净和自在

枯　树

从现在起，不再做个纯洁的人
所有的声音和颜色都要为我所用
一棵枯掉的树让它再以另一种形式
延续鸟鸣和繁盛
我要把世界上所有的想象都给予它
缠绕着它，让它日夜不得安宁
我要用失去水分的身体占有它
靠着或者躺着
让我老去的骨头融入它
依然延续时光里的些许明亮和温度
或者把它放入一片火中
让它的光和热照亮或者温暖我梦境里
蓝色的月光和无边的清风

早 课

黎明到来。夜的黑隐入大地
隐入观音山的边边角角
十月的虚幻隐入空空的内心
一个声音划过耳际,舒缓而清脆
它们来来回回地走动
从笔架山的安然到慈云阁的威严
直到被一滴水坠落的声音打破
才安静地迁出内心
被一缕香火收留

黎明是安静的
那盏被僧人擦亮的灯盏是安静的
仿佛那弯溪水磨亮时间的刀锋
一阕新词扶着一束束光芒
上升或陷入记忆
整座山,只有诵经的声音
一声高过一声
渐渐隐入天空,隐入更深的江湖

雪·忆

那些雪,比我更懂得冷暖
从看到她第一眼开始
体内的火就掐灭了
她的轻小和无声令我不安

就像刻进皮肤里左一道右一道的疤痕
每一针都刻骨铭心
好多时候学着淡忘恐惧
直视一些不可避免的伤害
可是那些白却越来越丰满
挤走了阳光
用黑给我疗治遗留下的伤

听 雨

一个下午,我望着窗外的雨
想着一个人
准确地说,想着一个
将江湖时刻写在胸口上的人

一个人布下的繁华,与我相关
灯火是设计了无数次的悬念
迅疾的光和慢下来的黑难以相融

是的,写下的每一个字都可能充满毒性
掌心里的花朵开到荼蘼
即使一个人的倾城是致命的伤

收拢起伏的微澜将肉身植入雨中
只有你能给我一个准确的身份
不管时空的变换多么频繁
雨水就有多么孤寂

远 方

我总爱和朋友们说
流水无常,世事无常
是的,水在水之上漂泊
一个人的远方
亦在水之上漂流

宽阔的水,狭窄的水
总有看不见的东西被带走
比如现在,时间的入口开始断裂

一个孩子无助的眼神像闪电
灼伤了我的心
他的春天被一场雪抛弃
孤独就像抛向大海的沙子
谁也捡不起

一滴酒里的慢

余味。写这俩字的时候
玫瑰汾的香气仍然在
一坛坛窖藏的酒沉默着
浸泡着的玫瑰捣碎了肝肠

我一直在等那个向牧童问路的人
等的杏儿熟了酒花儿开了
故人仍然在山那头
我只能用一滴酒里的慢,等
让风停在树上
让长满了眼睛的树叶
替我瞭向远方

玫瑰汾在唇齿之间飞腾,燃烧
这是它的初衷也是一个人微醺后的轻狂
此时,故人来与不来无所谓了
五谷们的祭礼不需要太多的见证者

相　遇

一直相信，生命里的每次遇见
是一个灵魂与另一个灵魂的约会
就像茶与水，冰和火

北田的金银花喧闹着
她的香味让人迷恋
我必须安顿好芒种时节的雨
和清晨的第一粒鸟鸣
才能得到神启
随她的呼吸而呼吸，步调才会和谐

当一阵风声降临
天空的蓝从高处跌落下来
我回到了自己的体内
看一滴水在阳光和云雾之上飞翔
让它回到最初，回到一池水的内部

此后，我用太阳洒在手指缝里的光
观照着我的影子和往来的风

暗 香

孤山不孤,总有人携着风雨走过
孤山上的那个人与我在几秒前相遇
他和我同时陷入苍凉辽阔的诗行

一些被忽略的植物
苍耳、荆棘、芨芨草还有低矮的核桃树
打着手语追逐朝阳和落日
提着万里风沙提着江河山川
建造着自己的城

我叩拜山水叩拜万物
总相信盘旋在一柱檀香里的光
一些是莲花一些是梅
盛满天空的蓝和永恒的光明

奶 奶

当我爱上那枚染了锈的银戒指
我不知道您还有没有远方
所以,选择逃离。
把自己藏在您看不见的地方

我怕看见您眼神深处没有边际的孤独
它是一把利剑啊,奶奶
它穿过困苦,贫穷,穿过九十八年的沧桑
穿过我的肌肤直击我的心脏

您心里的泪比天上的雨水还要多
从三十六岁起一个人搬运着家
搬运着儿女们的阴晴冷暖
搬运着自己宿命里的寂寞和空旷

奶奶,我最担心那个"别"字
一不小心会固定在纸上
一点点渗进日子里,再也取不出

奶奶，我害怕
随着您的远方，我迅速进入暮年
轮回到您的影子里

布 偶

一

拉大锯,扯大锯
突然冒出的一句童谣
吓了我一跳

现在,我的左右手不是我的
残破的身体无力走出任何一个局
我们是彼此的幻相

世界过于纯粹时
我不想让自己过分洁净和柔软
一个黑夜穿过又一个黑夜
静寂从水的柔韧里慢慢升起来

没有谁能代替谁说出喜欢和爱
但是,我愿意替你走失的灵魂赎罪
然后抱着破碎的自己痛哭一场
虽然整个世界听不见

二

我看到你的泪水
看到被泪水割裂的四分五裂的我
如果能给你拥抱
你的疼痛就少一半
如果破碎的只是一面镜子
你就是你,而我也会成为你

一条路

这条路,有时宽有时窄
也许像万物,有时生有时死
世界本来就是这样

一些人往高处走,一些人正远离
山水怀揣着闪电和诗

天地苍茫

一条路褪尽繁华
悲伤在远方,辽阔在远方
我是打开翅膀忘了飞翔的人

月亮湾

我是说如果
如果一个人的眼眸可以藏住整个月亮
那块布满光泽的玉就要走失
就要带走世上所有的羽毛
我也就没有多余的色彩和想象
来描摹这瞬间的梦境

月亮湾,我徒手交出了心底的山水
不再谈论是非曲直
不再计算挥霍一空的时间
我愿意成为其中的任何一眼温泉
只取走自己的那瓢水

月亮湾,你是我重复了一万次的灯火
那些英雄怀揣心事饮下花间的酒
一朵花从三国开到现在
就为等你为她梳妆
与你说古道今
甚至在青铜的背面刻下山高水长

虚妄之词

有人用一生制造幻境
制造一场又一场蜚短流长
这些诞生于唇齿之间的字词
落满虚妄

枯树,鸟鸣,走动的山水
在一个人体内徘徊往返
向上或向下
都是低于尘埃的飞翔

身体里的羽毛
唤不醒火焰深处的黑
躲不过的烟云
写满我们跌宕起伏的身世
我们就像一株草的四季
敌不过细碎的光阴
敌不过一寸寸积攒起来的荒老

归　路

也许，我的故事走向了低谷
慢慢走在别人的眼神里

谁也不知道我为什么闭目
是在等待一次高于喧嚣的倾诉
还是准备跟随下坡的风走

天上云朵在飞
只有它找到了归路
而我，终将要离开这些

在这之前，我还在犹豫
该不该让一枚树叶长在身体里
想风时候有风，想月亮的时候有月亮

空 城

也许，一朵雪花的飘落
只是一种点缀，一种陪衬
一半为水，一半为冰
重叠在一起的时光藏起了锋芒

孤烟，落日，归鸦
是被施了咒语的泡沫
随时跌倒在一个人犀利的目光里

城池外有战马嘶鸣，有箭没入石棱
微光里的黑白不紧不慢地落在一滴滴墨里

我无法用几粒字词和一颗青梅煮沸一生
更无法交出精心制作的箭镞
内心的火把和烟尘，没有谁能看得见
空了的城失去记忆
折断耀眼的黑白
折断一个人或一些人
越来越高越来越寥廓的梦

搁浅的心

我早已成为一滴水
安静地被时光的风暴吞噬
一次次,一回回
闪电击碎了河床底部的沉沙
遗落在水面上的光
拿走了所有的妄想和纠结

我迂回,虔诚地弯曲
忘记被水草肆意割裂的疼痛
忘记了自己是一滴不能打开天空的水
搁浅的心躺在水底
学会亲近礁石和不断暴涨的黑

就像现在,一滴水和影子
扔掉了那么多的负重
等着。你来

夜宿瑞云寺（组诗）

就在刚才，一粒松子轻轻掉落
没有惊动大殿里的菩萨和天上明月
谛听所有生灵的呼吸
倒出红尘的硬核
双手合十逃出原罪

今夜，站在瑞云寺
微风起，捻动手中念珠
山峰，松柏，石子
它们的倒影在水中安坐
佛前打坐念经的僧人
把山水放在了神识之外……
那只空心的木鱼
发出回声：空、空……

一

深夜，一道闪电划破苍穹
倒垂到讲经堂前

它的犀利震醒了一个人的迷茫
檀香缠绕着的石塔坐着一尊尊佛
在我捻亮心灯的那一刻
他们没有说话
雨停了。不是因为念诵的大悲咒
而是万物的宁静
终于贴近低处的一颗心

二

剖开菩提之心
我带了足够的温度和光亮
给你更多的容器用来盛放慈悲

我诵经、跪拜大殿里石刻的佛
佛半睁着眼说着尘世的小
我瞪大眼看人世的烦扰
我知道,在苍凉和苍茫之间
我得把自己的影子丢掉

三

找不到悲伤的理由
抬头望着瑞云寺大殿上的白云
低首听,木鱼声声

从门缝里挤进来的风有着断裂的痕迹
我流泪,小心翼翼地清扫内心
多年来从不敢放纵一些词语触摸
人间的卑微和取舍

山顶上的经幢和田边的清泉
和我一样,饮下月光
饮下越来越硬的水

中陵湖

一直相信自己就是一滴水
世间的芒刺刺不穿
我的柔软、细碎和婉转

在中陵湖,几只水鸟,一抹残阳
一湖半红半黄的水
用它打开的身体穿过右玉的天空
作暂时的停顿

一株株水草是丢失多年的剑
荡漾在体内的剑气
带着遗落民间的落寞
和你在一只水鸟的翅膀上
抱头相认

杀虎口的黄昏

相信时间是最公平的,多年之后
我还会爱上你,爱上暮色下的杀虎口
爱上明媚的星辰和颤栗的水
远去的乌骓飞鬃飘飘
仰天的长啸击破了岁月的烟尘
天空在飞暮霭在飞
提着灯笼回家的人心在飞

杀虎口的黄昏,是浮在烽烟上的流沙
一只乌鸦在落叶之后飞离了
那棵树。它不说话
用树木的原色和一缕缕人间烟火
卸掉厚重的铠甲
一截截气吞山河的往事
静静地等着一个人

用一首诗歌喊故乡

多少年了,我想喊故乡
喊一朵白云上的阳光
喊月光下的油菜花
喊隐藏在一滴露水里的星星
喊久久不愿落下的尘世的烟火
隔着城市的钢筋水泥隔着几十分贝的噪音
我只能选择用一首诗喊

因为我爱着,我也是播种的人
就在一首诗里写下万物的心
写下故乡的虫鸣
和暮色中的群羊与鸦雀
之后,我就站在冷风吹不到的地方
一个劲儿地喊
朝着一树梨花喊朝着一只只子规喊
喊一声故乡就近一米
喊两声它就近一尺
喊够千万声它就不会下落不明
就生生地长在了我心头

被一只瞳孔放大的乡愁

想着忽略些什么
比如草籽,树木和不停奔忙的蜜蜂
比如暮归的群羊和乌鸦
如果可以,我就用一盏菊花茶
等待一片月光从黄昏的背后走出来
盛满我的瞳孔

一缕缕有着青草味的炊烟包围了我
它们不需要我刻意做些什么
只要我把心交出来
把写了一半的诗歌交出来
虚度的光阴就让我回到溪流
回到装着整片春光的打碗碗花中间

那些暗自穿越的光芒
照亮了心尖上的那朵桃花
它的孤独早已弄湿了我的心

雁家湖

春风已经沿原路返回
比流水轻,比内心柔软
雁家湖,我忍不住对着天空流泪

你提着灯盏献出自己被光阴割裂的身体
十字架火焰时间的鳞片
以自己的方式存在或者消失
这些陷在你体内的相亲相爱的小细节
也许就是浸在你骨子里的月光

我和我的影子慢慢地靠近你
雁家湖。我的热爱是这么缓慢
但我不会放过任何一个
被时间喂养的充满温度的词
来叙述你的安静

我不能用一滴水的干净和透明
隐藏起一次比一次简短而急促的方言
也不需要太多的修辞说出那么多虚泛的赞美

我确信自己打磨不了一壶酒里的日月
只能借花开的速度
把春天送给你,送给万物

祈 祷

"一只笼子在找一只鸟"
卡夫卡写到

我说"看到了光"
"有可能是幻相"
你递给我一面镜子
我还未说出自己看到的事物
心尖上的光已滑到了纸上
令人绝望

光在抛弃光
和我一样
光愿意把自己藏起来
在字词之间

灯 火

仅有光是不够的
寻找篝火的人必定抱着闪电
她退一步或者进一步
灯火都会围绕她

灯是光,火也是光
灯火是她带在身体里的慈悲
如同陶罐里的水
火焰里的陶
它们是彼此的一部分

呈 现

此时,钟磬没响
只有风轻轻地进了寺庙
桑树上的喜鹊突然叫了一声
其实,不是喜鹊想开口
是桑葚落地的声音惊动了它

太阳的光照进了大殿
一部分漏在经书上
一部分留了下来
等着我经过它

我相信

枯藤之上的灵魂一直在
她收敛自己的翅膀
避开刀锋、悬崖和沟壑
我能够理解这种隐匿的方式

爱和被爱是同一条路

因而,我相信
那些暗处的灯盏在此处熄灭
在别处又会亮起

第四辑 遇见

此岸，彼岸

静坐于六祖寺里的黄昏
讲述着一千三百多年的香火
梵音里的光明咒散发着耀眼的光芒

我的一忏三拜绕不开世俗
绕不过一句偈语

落日推开的不是大殿的门
是一个人此生需要度过去的岸
薄霜，月光舔舐着是内心的苍茫
此岸守着一部大悲咒忘记了因果
彼岸，一些花灿烂地开

我和阳光走在红尘里

浩荡的春风退回到一朵花的蕊中
被我剔除的旧时光
停靠岸边不惊不怖

我累世的亲人走在阳光中
我走在他们的影子里
一个我弹掉沧桑和他们一起修行
一个我恋着这红尘里的音声
用一个个字词写着虚无写着人间的悲喜

这一刻,我和阳光走在红尘里
任何的说辞都那么苍白
这一刻,肉身沉重
这人间波澜壮阔的草木藏着累世的慈悲
染上疾患的人在过往的时光里赎罪

那个虔诚叩拜之人在离开的时候
交出了自己的日月和内心深处的寺庙

日光岩寺

有那么一小会儿时间
手中的酥油灯倾斜了半公分
突然间看到了另一个自己
正低头走上日光岩寺
那片瓦的影子刚好罩着我的渺小

光芒之下的日光岩寺倒着走
波涛、烟火也倒着走
虚掷的光阴无法安置此时的空旷
这是因果,我也相信因果
相信寺院的缕缕檀香可以安魂
可以让一介草民忘记车马喧嚣
给自己一个清净之地跪祈涅槃的佛

日光岩寺周围的每一朵浪花
是低垂在生命里的釉彩
它们和高处寺庙里的人一样
打坐,入定,心无挂碍地念诵
"嗡嘛呢呗咪吽"

与苍茫对坐

一枚叶子里的江山无限
那是所有日子的积淀
他的苍茫只属于叫时间的那匹白马

此刻的仙宫岭
就是一道尘世的屏障
蜿蜒在我的心头
那位高僧散落在沟壑里的经文
点醒了我的迷茫
入世太久,我忘了许多生动的面孔
他们活在谁的文字里
我确实不清楚

我是多么喜欢这些

当年遗落在湖边的那只短笛
蜿蜒着岁月的回声
没有油纸伞没有小青
没有许仙也没有白娘子
更没有乌篷船和戏台
一簇簇空心草才是我的
西湖的回廊、游船和水声才是我的

无数次打开月色
打开一座湖的内核和脉络
打开追逐着烟雨的流水
我知道,神在西湖,菩萨们也在西湖

这些都是你和我的
甜蜜、热爱、任性和忧伤
我是多么喜欢这些
和你,和人间的孤寂
相互抚慰

梦蝶泉

我从来没想过
让一只蝴蝶出入我的诗
在一眼泉边借一斛陈年的酒
装下温暖装下暮色装下更多的向往

一滴水教会我看清自己的倒影
把火苗种进荒芜的内心
在一束光里燃烧
冷暖已不再那么重要了

现在,我正写下梦蝶泉
受那只蝴蝶的蛊惑
怀抱一生的清白
把爱和美写给自己听
也写给别人听

观音寺

那一寸夕阳来了又走
有声音从远处传来
是诵经声飘在一朵云上
以自己的方式修行

尘世的高低荣辱就是一点墨里的山水
我不是诗佛,不能写尽几世繁华
只是一个远离喧嚣浮躁
手持《心经》默默诵读的粗人

有风吹过,观音山不语
我听到鸟振翅的声音
实在分不清是鸟儿划过天空
还是天空将鸟儿放飞

大相国寺

坐在尘埃之上
第一次看见几乎撑不起中年的灵魂
看见深巷的菊花一遍遍地开
一个个静止的名词
撞击着大相国寺暮色下的鼓楼
鸦雀越来越远

那些端坐的佛
看不见你,也看不见我
我们彼此是擦身而过的影子
几厘米的距离揣度着尘世的辽阔

我看到的,是草籽的空壳儿在飞
在佛的庇护下
人们把消失了很久的自己找回

普渡溪

我想,我应该停下来
靠近普渡溪的一滴水
与你春风,与你琥珀色的月光

是的,你习惯了沉默
习惯了冷静地叙述草木、石头和清风
习惯让深藏的暖漫上眼睛看清黑白

花说开就开了
像你关照过的时光
在低处,抚慰着万物

八斗镇亦或八斗岭（组诗）

那段七步成诗的历史
让人悲伤。

以为用目光和一颗心
就能救赎一粒坠落的果实
石头不管在哪里都还是石头

我在北方，在一场雨后
想着旧时的鱼山
又开始写些自己看得懂的文字

豆萁燃烧的噼啪声像雪在落
阳光抱紧的有暖还有寒冷
它阻止不了一片片雪花
和一个人面对面哭泣

笔架山

坐在一首诗里，想你
我清楚，一个人的内心
有不能袒露的一部分
那里有岁月的水滴穿透顽石

五月，我在北方写着江淮分水岭
写着曹植衣冢墓边的笔架山
写下无数过客不同的心思
用一些字词浓缩笔架山的宁静

不再去想谁是谁非
也不去想生活中的起起落落
最终，把酒的英雄
和落寞的诗人结局一样
都是尘归尘，土归土

砚台塘

时光缓慢。把许多的名词过渡成动词
八斗镇藏着离别的伤和愁

洛川神的风华仍然陷在《洛神赋》里
几千年来不愿意走出一个人的视线
他们是被雨水带着走动的尘
此刻,把自己的江山抬高或者放低
已经没有任何意义

我的想念不会停止
夜晚的花草触碰着隐藏了很久的闪电
一些灯火随着花草凋落
第一次也是最后一次体验分离的痛苦

鼓浪屿的倒叙

鼓浪屿之波来自水
是在水里燃烧无数次的火
星星、卵石在此栖息

从故道的夕阳写到鼓浪屿的洞天
从羊角辫到两鬓的霜雪
幽谷、峭崖和沙滩离开了远方
稍不留神,听涛轩、日光岩还有那些旧钢琴
在一张纸上集体失踪

此后,把鼓浪屿这几个字放进手掌心紧紧攥着
它离我很近可以听得见海螺的歌唱

鹳雀楼

中午,阳光正好罩着鹳雀楼
四周的云朵突然停了下来
我一步步登上鹳雀楼
迈过369个台阶好像迈过生活的很多坎儿
来是过客,去还是过客

从鹳影湖的桥头到桥尾
有谁放下了生活的轻与重
一声声掌声过后鹳雀的鸣叫
把一切都举过了头顶

至于王之涣,我只和他的诗歌
打了声招呼。登上六楼后
靠在被阳光浸润了好多年的铜像前合了影
我的面庞靠着他手中的笔
多少华章只属于他
我深陷中条山脉的绵延和苍茫
像一株草一样越活越小

莺莺塔

一场阳光的盛宴,从塔前的石头开始
从石蛙四周的草木开始
静待舍利塔的飞檐与风铃入定

一击一回声,蛙鸣声声不断
13层的高度噙满了尘世的喧嚣
被光阴反弹回的声音
记住了一个人精心喂养的词句

当声音潜藏进一缕缕光线
莺莺塔在我面前开始虚幻和迷离
那么多隐忧那么多伤痕
隔着莺莺和张生相见时分的心跳
隔着爱和恨

山高水长重叠在时光里
此刻,莺莺塔不语
挂在塔檐上的尘埃掉下来
恰好砸中一个人的心

普救寺

我和普救寺不需要寒暄
在此之前
黄河蜿蜒在一些人的笔墨里
蒲津渡是我诗里一再出现的渡口

所有的光斑是菩萨洒下的暖
我愿意小成一滴水
看柿子树上红红的果实
扣响一座寺院的安静

隐去名姓隐去阻碍飞翔的字词
爱上远方的那个人继续爱着远方

慈云极乐寺

木鱼是有高度的能度一切苦厄
从七层高塔上落下的雨滴
靠袅袅的梵音修成正果

远方的人正在归来
慈云寺隐在春风之后
不过问有还是无

我是生活中的那部分空
越来越小,就像针尖
刺破一念未灭一念又起的执念
即使疼,也是很轻很轻

磨心山·白峰积雪

磨心山上的烟云是蓝色的
流光也是蓝色的
在某个渡口离散的山和水
不过是一首诗里走失的天地

光芒越来越轻
磨心山像一个人,也需要剃度
岛屿、海鸟和山顶上的星星
在黎明来临之前,听风吹

高出山顶的月亮和草木就是一**尊尊佛**
一边行走一边念咒
把心中的雪变成一粒可以取暖的火
然后把孤独分成两半,继续爱

临东海，听涛

从一朵涛声里分辨出光阴的轻重
它们早已习惯了风吹草动
习惯隐去刀锋上的呼啸
这些反复开放的花朵按住我的不安

隐藏在涛声里的风开始沦陷
假如草木鱼虫忘记了我
而我又恰好缺席
是多么美好的事啊

涛声停在水草上
云落在涛声里
你看，长此以往
世间的事情不停地轮回

晃动的记忆

一座桥是有灵魂的
只要你和它擦肩而过
它就会记住你
就像大禹渡的状元桥
在我小心翼翼迈动脚步时
它把我当成一缕线晃来晃去

它晃一下,不安就离我近一步
离开岸的我是个孤单的人
把自己抱了又抱
我想用眼泪和渴望填满一座桥的记忆
可是,除了头顶的风
我真的不知道
它和我之间还需要什么

烟波里的临川（组诗）

临川·玉茗花

一朵花身染丹青和墨痕
诉说着白也消磨着黑
乌衣巷，麻石路，亭台楼榭
在无数的折回中洗尽铅华
一朵花的绽放和凋落
足够燃烧一个人骨头里的钙

一朵玉茗花，从黄庭坚到曾巩
再到汤显祖的牡丹亭
是几世亦或仅仅是一步

一个人的清欢不需要观众
重逢的时光里
此一岸，彼一岸

临川·文昌里

一缕风无法在体内落地生根
从太平街到汝东园再到玉隆万寿宫

我必须停下来聆听
听临川四梦这几出折子戏
它们是我爱过的时光
在几个字词间重逢

文昌里,多像素描里的高光部分
一层一层地站在我面前

如果那些荡漾的婉约诗
来自晏殊内心的河流
顺延他的词锋
打开藏在身体里的河流
一合掌就是百年

梦之城·正觉寺

除了星宿和袅袅的香火味
一定还有什么和正觉寺在一起
比如临江面水的楼阁篲龙轩
比如青蛙将军亦或是菩萨
比如不远处那眼醒泉
会让尘世的烟火更加明亮
那些心怀故土的人装满了爱
坐在一株草和我之间
权衡着幸福和孤独
见证着清凉在此也在彼

把爱写在日泉和月泉

打开日月就打开了一生的明亮
这正好是我的本色

在临川,暖的是日泉,冷的是月泉
就像阴阳二极,就像一对不离不弃的反义词
也许是前生今世的缘分
它们在三公里之间
彼此不出声

日月一半浸入河沙,一半给了尘世
隐约迫近的风霜是用日月之水做的笔记
署名是我的名字——温暖

明水湖

看见青莲山的倒影倾泻进明水湖
它们用一滴水陈述爱

经过楠木和花草的风踮起脚尖
缠住了天边的半个月亮
另外半个的美藏进了明水湖

时间在走。明水湖里的水草和砂石
填补着天与地的空隙
一个回眸的表情
暗生的岂止是一场挚爱还有绝望

明水湖是暖的,不说望穿秋水
只在自己的风波里出入

雷公岭上木鱼石

木鱼石是有着木头纹理的石头
和寺院里一盏青灯下的木鱼不是一回事
这是我登上雷公岭才明白的事实

木鱼石,是石头,是可以还魂的木纹玉
有定六腑镇五脏的功效
它的空心可以盛下日月,盛下五亿年的光阴
也可以凿成砚台,点墨成金

我走到雷公岭的半山腰
与木鱼石相遇
我所失望的就是刚才你来过
而我还未上山

文昌桥的诱惑

难道一场相遇仅仅是一种巧合
我注定在风和祈祷之间扬沙
时间的唇语,三分温润,七分寒凉

文昌桥的一边有诵经声
一些词语立在桥头被照亮
而另一些词语留在我的笔下
在一樽酒里断肠

我不知该把手中的烟火交给谁
它们一部分来自大地,一部分来自天空
一定有什么被它们带走
但我不会道破

万魁塔,来去不想见

我相信,我的造访不会妨碍谁
万魁塔独坐在自己的白昼和夜晚
就算我登临塔顶借一片白云
俯瞰塔底那位心仪的人
也永不能相见

彼岸花,花叶不相见
从明代到现在,万魁塔里的空气一直悬着
螺旋式阶梯是凝固的光

风把城市的繁华吹空
万魁塔把丢失的月光找回来
泄漏的秘密只是其中的一部分

过　客

当我从一条河的上游离开时
爱我的仍然在爱

旷野深处,天空继续蓝着
当出现在文庙前才知道自己有点多余
我不会介意一场突如其来的雨
打落花瓣惊醒一个人的幻想
只想着中年以后那些迟缓的记忆
怎样才能遗忘

不管文庙愿不愿接纳我这个过客
只要有一条路通向这里
我就会让它呈现一定的弧度
需要什么,就送出什么

澧水穿过我的身体

暮色苍茫,心事苍茫
竖起耳朵听打更声的人早已入睡

澧水静静地穿过我的身体
那轮蓝月亮沿着水纹找到回家的路

整座城市漂浮在灯火里
更多时候,我的时间一寸寸流失
它们向左倾斜,向右歪
更多的水依次倾斜在河流里

一条鲤鱼的前生后世

都说一条鱼的记忆是七秒
而我相信是几生几世
不然,那两株鸳鸯树不会
为了鱼冢而枝繁叶茂

一条鱼的白昼是短暂的
一行密码游向天空,一行留给记忆中的人

如果不是前世的约定
它不会往返于福州的鲤鱼溪
更不会让一滴眼泪染上蝴蝶的颜色
把远方变成一个安静的词

光福寺,月光下的佛

光福寺不知道我的远方在哪里
从北方到南方,从山西到西昌
穿过泸山的松涛,绕过延绵不绝的钟磬声
九十九级台阶是我揉碎了的祈祷

光福寺,月光下的佛
如果你愿意揣度时光的伤口
时间会饶恕我的忧伤

当凛冽的风吹过,我会摇晃
只是摇晃。
我还会顺风向把自己扶起来

月河,散落在尘世的蛊

今夜,我在红灯笼的红里等你来
你就是坐拥万里江山的王
用闪电的光芒找回白天走失的爱
月河,你是散落在尘世的蛊

我把自己藏在月华之后
不想你看到暗夜里疯长的白发
更不想自己深爱过的一条河
在别人的华章里转弯

你且把杯中的酒慢慢饮下
熄灭体内的火。我们的蔷薇花盛开
词语里的火焰一一散尽
此后,水是水,草还是草
而你,是我的孤独刨开的另一半

第五辑 散曲

阳春白雪

期盼相遇。竹林里的绿苔疼惜着雪花的清冽。

一个人的呼吸和眼神想进入另一个人的生命,需要反复触摸和打动自己的灵魂。似羽化的蝴蝶,在遗忘一片风声过后的飞翔,用薄如蝉翼的黄昏祭奠绕过的田园草木。

万物相生亦相克。一个人左手握着矛右手执着盾,矛和盾缀满了烟尘。

火温暖着土,土支撑着火。凤凰的涅槃让火焰的燃烧更像火焰,它用一粒火种爱着一片火焰的辽阔,温暖旷野的寂寞。

一个人的金木水火土没有相克,就像宫商角徵羽。只需一颗入世的心种下桃花千亩,有露水有虫鸣,把风平浪静的记忆刻在土里和火里没有多大区别。

琵琶里也有五行中的金木水火土,更有成捆的光阴和藏起来的苍茫。它们迂回曲折着大地、天空、河流,用眼泪和伤疤安抚着某些人的恻隐之心。

《楚辞》是时间背后遥远的岸。我想做隔岸观火的那个人,让时间游离于时间之外。

阳春白雪是生活里最美的留白,是曲高和寡的一部分回声。

你听,阳光从头顶之上,顺着花开的声音,一滴一滴落下来。

梦江南

思念开始下雨。油纸伞再一次旋转进一条巷子消失。

西风下,青石路口的白马是谁的已经不重要了,必须忘记那个许下诺言走了再没有回来过的人。

一个人的爱情,自己既是主角也是配角。

起点始于梦,终点止于梦。青砖黛瓦几株芭蕉荡在梦的边缘,贪恋着尘世的一晌清欢。

白鹭的眼眸多像现在的我,接近空,接近无。

镜子一样的水,记不住风吹涟漪的碎。让水回到水是一厢情愿的事,水里也有黑白。

向我伸手索取爱的人已经离开,我用自己的胎记和几世的记忆替他赎罪。

一轮月亮踟蹰在水里,伊人踟蹰在桥上。

渔火深处,对万物的思念该放在哪里?水里有悬崖的倒影,也有舞蹈着的清风。那个用手掌心托着木鱼的人,眼里生长着万物,用一潭静水折断了尘世的绳子。

一粒词语里的江湖，一抹残阳里的江南，不再有你，我亦然。你不是你，我不是我。

　　有人觥筹交错，有人挥毫泼墨，有人低头走路，有人正襟危坐，燃檀香、诵心经。

　　花开花落，一切归于宁静，寺院的钟声会准时响起，为某些人招魂。

疏梅弄影

  宣纸上的墨梅开了,没有鹅毛般的雪,没有凛冽的东风,你安静地伏在一张纸上,晕染着白,窗棂下的那方砚台,是你的来处亦不是来处。
  香炉里的火渐次熄灭。

  整个夜晚,我用一支笔几点墨守着你,守着自己的承诺。
  残缺的月,多孔的桥,穿蓑衣的夜归人,他们比我更早遇见你。多希望二胡的弦上多些风雪多些尘世的喧嚣和苦难,这样,悠长的曲调里就多了几分你的遒劲和刚毅。我知道,你爱它们比爱我多一些,锋利的刀尖划不破你的骨骼,阻挡不了你的精魂在苍穹下歌唱。

  等风来,等一场圆满的遇见。

  窗外,一树梅举着一抔月光起舞,你习惯把自己暴露在高处。刺向苍穹的虬枝同时也击穿了一个人的孤独。
  你和我刚好隔着一个转身的距离。我手里的酒还有余温,而你拒绝畅饮。
  此刻之后,月光下的村庄,出土的埙,伸出触角的花草,都是我的,你却是一个例外。

高山流水

　　有水从石上流过,像轻柔的丝绸一样,水声落满山野。
　　水声蔓延至高处,长满耳朵的石头开始还魂。隐匿在悬崖边上的孔洞呼唤着鸟儿,擦亮了天空的眼睛。草木繁茂,飞禽走兽之间的耳语互相撞击着,它们给万物镀上温暖的色调。
　　水里的月亮在天上亮着。它更接近山顶上的松柏,它们保留着各自的姓氏和温度,顶着雷霆一起修行。

　　倒立在水里的山不言语,在漂浮的时间里它成为自己的影子。风沿着陡峭的山崖转,山随着风起伏蜿蜒。风把山吹到了高处,水高过了山崖。山的呼吸就是水的呼吸,是鹰的呼吸,是一棵棵树木花草的呼吸。山靠近辽阔,靠近巍峨,靠近轻和重。因为重,它给不了一把琴的前生今世;因为轻,它又能在琴上唤醒一个沉睡着的灵魂。

　　爱与光阴结伴而行,谁把谁丢失在路上?
　　谁都左右不了一个故事的开始和结束,苦苦寻找知音的人把自己埋进人群里,涂抹着厚重的烟火。只为山水只为你,有人宁愿独守悲欢。
　　惺惺相惜的人还在等待,等待月圆之夜,能够从月亮背后的万家灯火里,找到属于自己的那一盏。

花开无尘

星星落下来,正好贴紧我的脸庞。光开始在我四周旋转,更远处的水域埋进了一场新雨过后的清明。

能够与水为邻,是因为水代替我飞翔。水来自天上,又复归天上,她浩渺无边,生生不息。

渔火,鸬鹚,用不尽的天光。山野深处清风徐来,百草的香止于洞箫而流淌在琴弦之上。

月如水,舟自横,无须说破,还有多少路需要返回重新走过?作为一朵白色的睡莲,萧瑟处,不须回首,唯用我素净的白写下安静,写下一个人的山高水长。滤尽繁华,哪怕瞬间,谁又能给我可以眺望和想念的远方?

半生花开,半生花落。

岸上灯火无数,有多少支离破碎时光可以逆着行走?

桨上摇下的寂静是黑色的,我的白在水里婉约,随微澜摇曳,水染尘,尘不染我。

我只是灵魂的替身重叠着天上人间的一场梦。

静水无痕

当我写下水,一滴露正好从身边的紫薇树叶上滑落下来。洞箫之上,声音划破的是一些词语的坚硬。

水抱紧水,将白昼和黑夜的距离缩短到一缕檀香的气息里。

水是一个人情绪的修辞,每一滴水里都住着一尊佛,庄严,隐忍,八风吹不动。

当水和水之间的缝隙里藏进繁华,水和万物之间的缝隙藏起卑微和光亮,水就高高在上。

我来不及说出朝阳的耀眼,更来不及汲取一朵微澜让自己沉醉。

路上的萱草,树木以及起伏的山野,都是暂居尘世的旅人。爱了恨了,无非是烟花过后的一场冷寂,迟早会像燃烧的火焰熄灭。

被遗忘是一定的,遗忘的有你,有我,有黑夜和雷电。

水的光阴里长满触角,白天飞翔,夜晚降落。水草和虫鸣是水骨骼之上衍生的呼吸,谁也不用懂谁,它们的身体里布满天空的蔚蓝。

一瓣花朵落在水上,像一叶舟,水不动,它不动。

独上西楼

远处的山水隐约可见，雷霆、飓风奔跑着。

一个给灵魂无法安家的人独自徘徊着，梧桐叶深深。被雨水带走的灰尘

高处有弯月，高处不胜寒。一阕词里的江山和红颜一样薄命，葳蕤在时光里的驿舍古道，早已尘归尘，路归路。

谁为你妖娆？谁为你策马奔腾把万里河山留住？谁又为你弹拨故园的温暖？纵横交错的故事里，唱独角戏的你注定要随流水一起走。

夜滑入夜的深井。风把黑一而再再而三地折叠，你的江湖里有人替你把光芒推了再推。

破碎的时间无法黏合，看不见咫尺之外的繁华，听不到觥筹交错间的明枪暗箭之声。一纸一笔一滴墨，一袭长衫一弯月，一个文字一段情。也许，江山对你而言，只是生活在一个个词语里的遇见，一场再难重逢的缘。

一条河的火焰

我已经沦陷在这一片燃烧着的蔚蓝里,要用更大更开阔的安静来应对。

"种如是因,得如是果。"也许是我的虚妄把我击倒在这片汪洋。日落之后,我的思念像潮水一样奔涌。

来吧,月河,用你的烈焰拥抱我。我需要你淬过火的温度,融化我的身体和灵魂。

在黑夜抵达一座桥时,我忘记了还有风来回地在身体里穿梭。

月河,像饱满的叶片爱着舒缓的时间。

知道吗?我一点一点地爱,一点一点地挪动着月光,这是一个需要倾诉的夜晚。

忘记被一颗铁钉刺痛的时刻,忘记了还有一朵菊花需要我带着朝露去看望,我是个有着伤痕的人,不需要谁来安抚。

我无法接近世间的苍茫,只能阻断自己远行的欲望。留在你身边,你是知道的,我就是那个每天站在河边汲水的人。出发或者回归,只为融入你,与你相依为命。

多么渴望你的火焰能靠近我,不谈爱情,不垂钓时光,更不去构想一段碎瓷的过去和未来,只想挥霍整条河的柔软,让山醉在水里,水长在云朵上。

在山和水之间救赎自己,收敛起锋芒。

远方有人走来，我早已原谅一粒沙或者更多沙子的伤害，也将深藏在身体里的刀子抛弃。

一切又将重新开始。

人祖庙

起点和终点始终是一个圆,没有开始和结束。就像《道德经》所说:"无,名天地之始;有,名万物之母。故常无,欲以观其妙;常有,欲以观其徼。由'无'而生天地,天地生万物。"又说:"天下万物生于有,有生于无。"因而,是非黑白是相对的,只是我们的心入世太深,尘俗的羁绊和劳烦让我们失去了太多的淳朴和敦厚。

——题记

鸟儿的一片羽毛轻轻地挂在大殿的一角,似落非落。

一千七百多米的主峰之巅——人祖庙,开始隐于暮霭之中。伏羲殿、娲皇宫还有那些看遍了历朝历代的草木,不说西风斜阳,雾霭沉沉,只说万物清明。

整座山遍布秋色。

烟云四合中,山壁刻题,与我近在咫尺。一个个被暮色涂抹的故事和传说,越过穿针梁、合烟崖,走上卧云台。

风吹拂着的事物被时光遗忘了很久,它们在山腰一忽闪,烟尘就尽了。

此刻的人祖庙,端坐在人祖山之巅,足以阐释高山仰止的含义。

头顶北斗七星的娲皇,她开世造物,抟土为人,炼石补天,用无私和爱使得洪荒之水退却,天地四极稳固。

作为她的后裔,只有让一个个富有灵性的文字,记录一座山、一座庙与红尘的情结。深深浅浅的情怀似曾获得了神秘的暗示,我会在某一刻成为她身边一片洁净的月色,包裹着一颗颗尘世饱满的心。

人祖山听雨

这些明亮的石头,穿过时光,让所有搬不动的词语,栖息在蜿蜒如蛇的山脊,无限地拓展着自己的生命。

我喜欢微雨中的人祖山,不撑伞,沿着湿漉漉的石阶向上向前,用脚掌的温度感知每一块石头承载的历史烟云和世事沧桑。

众草谦卑,俯身掸掉绣花鞋上的一粒草屑,藏起自己俗世那点易于折断的锋芒。

微风拂过,我好像看到自己的姓氏正被一双手轻轻抚摸,将虚无再一次紧握,将爱和慈悲挪动到了自己的肋骨中间。在这里,能带走的只有心中圣洁的光芒。

石屋、石井、石磨棒,用自己的语言和方式将时光搬来搬去,他们内心的明达,始终萦绕着一颗颗尘世之心。

一切归于无声。过去即是未来。

在人祖山,我努力地扔掉自己的影子,不被她纠缠、追赶。那一刻,我和雨滴一样透明,任何一部经卷都可以打开我四季分明的烟火。

与孔山寺亦或窟窿寺相遇

上了人祖山,我已然忘记腿脚的不灵便,暂时抛开了人间烟火。

人祖的光芒普照四方,它高悬于我的头顶之上,点亮我灵魂的灯盏。

而孔山寺竟然不言不语,不问我是谁,更不问红尘,它贴着光阴在走。何谓宠辱?何为名利?皆无所动。

我合掌恭敬,亦不敢言语。

于虚静之间,看遍草木荣枯,一步千年。

黄帝曾在这里问讯广成子,石窟、神仙洞至今还留有他们的气息。他们确曾绕开了世事的苍凉和冷暖,本性的虚明和宁静留给了人祖山,留给了孔山寺。

一颗石子是凉的,一颗沙子是冷的,可孔山寺亦或是窟窿寺是暖的。他给了我天空和四野,给了我复归本性的勇气。

文字太浅,人祖山的光芒太重。

一颗尘世负累之心,在孔山寺终于懂得了天高地厚,懂得了心怀大爱,慈悲喜舍。

石　头

　　我现在开始为一块石头担心。它就坐在茶几上那个鱼白色的盘子里，有一汪水和几颗小草陪伴着。

　　它当初的渡口在哪儿无从知晓，而今的岸就是这只玉色的盘。

　　我见过很多石头，山上棱角分明的很多，小的被走山的人踢来踢去，大的呢人们能绕开的就绕开；也见过被流水打磨过的圆滑的石头，水草缠绕、鱼儿蝌蚪相伴，间或一条渔船经过，还有鸬鹚呼唤，其乐融融。它们知道自己的宿命就是与身边的朋友不离不弃，并且可以缓慢地奔跑。

　　眼前的这块石头，从某一天被一个人捧回家，就成了静止的，无言的。不知道它还能不能梦到远方，梦到一条条渔船，梦见风的语言摩挲着它外表的坚硬？石头很多时候是柔软的，它能准确地说出盐和雪之间的区别，准确说出被风划开的口子有多长多深。但是石头从来不说痛。

　　它说西西弗斯巨石也有磨成粉末的一天，它会喊痛吗？

　　其实，在有限的生命里，人人皆过客。都在漂着，漂着。凭着或坚韧或愚顽的一股子气，追寻着自己的岸，或者自己独立成岸。

爱上一条河

我喜欢细微的波纹轻悄悄地抵达堤岸，然后将目光放远，越过该越过的一切，和生活保持一定的距离和高度。

白发、皱纹和越来越蹒跚的脚步充满了世故和沧桑，闲下来的时候更喜欢回顾当年的物事，梅花的傲骨和桃花的灿烂，都是光阴留下的刻痕。至于风，想朝哪个方向吹就吹吧。

常常会陷在一盏茶或一缕檀香里，在内心深处和自己和解。那些说不出口的痛，从我两鬓之间的白发轻轻掠过。

我仰望天上明月，从亏到盈，多像少年的我蹒跚着走向中年。中年的我真想像一位农人一样，月下荷锄而归。露水湿了衣衫，锄头上的泥土还散发着清香。不需要任何词语来修饰此刻的温暖，满心都是莹润的月色，清冽的水。

一枚荷叶动了动，时间瞬间停止了轮回，我似乎看见了自己，正斜坐在叶子中间，让影子恋上影子。

多少年了，她就朝一个方向流，在我的血脉深处回旋婉转，她替我换回了遥远的神祇。

我有足够的耐心，等待云变成气，气化成雨，雨落在河心。学着一条河在转折的地方爱上自己。

幽兰赋

幽兰,不远,就在我心里。也不近,隔着一个省,一座山。是谁把心中的孤独,一撇一捺地写在了时间的深处?

从开始到结束,一个人心中藏有千丘万壑,也藏着深深的遗憾。兰花终究放下了身段,放下了自己的守候。

一只鸟的声音划开了黄昏。

墨滋养着兰,兰踏进墨里,触不到砚台的深。

时光重新安置了阡陌小巷,安置了一个人的旅途和时光。

一笔一画的刻痕依旧用千年前的阳光进入,若有远山如黛,若有兰花摇曳,那么,一段历史就成了记忆,刚好和美好相遇。

我在古邑的深处看见一个人清俊的面庞,庆幸回到了他用过的时光。如果,我能捡拾起时光的鳞片,定与他,不相忘。

澧水桥

有诗云:"青山不墨千秋画,澧水无弦万古琴。"澧水,在李白的笔下是那么美,不碰疼每一朵粼光。

澧水的天空之外有清韵在流动。而桥却横在时光的隧道里抵达美,在最美的的时辰,把爱分给了一个人。

水的记忆在波纹里,而桥的记忆在尘土里。

水比桥旧,我们彼此的道场是空。

是谁将一条鱼的眼泪留下来。又是谁把七秒的记忆记了一辈子?

等月光从天空中漏下来,从一滴水里呈现出来。我心里的河就靠岸了。

谁比谁慈悲,不再多想了。

爱上你和我的孤独（六章）

一

你不知道，当一条河的命名带着月亮的时候，一种美好就落地生根了。月河，是我此生绕不开的水，走不远的红颜。

透过雕花木窗，月亮轻盈地划过一个人的梦境，划过紫砂壶里那片翻转的云雾。此刻，我被自己的心事缠绕着。不知道想念是不是从一枚茶叶开始？啜饮着蓝色的月光，抚摸自己的心跳。远处的桃花一朵朵盛开着，它们是不是趁着月色美好，给我下蛊，让我从此迷上远方，迷上月亮背后的忧伤。亲爱，你看见了吗？一滴水从一个人的眼眸里滑到了另一个人的腮帮上。

二

如你一样，我喜欢在深夜静静地阅读一首诗。从雕花小令到梧桐夜雨，那些缠绕着过去未来的爱的藤蔓延续着孤独的时光。

一直说彼此珍惜，当我的孤独漫过你的月河时，你也没有拿出一滴水来濡养我的干涸。我知道，一条河有着无数断裂的桨，你把它们隐藏的很深，它们掉进我的整首诗，而你只在末尾处留下了一点痕迹。

你想要的是海水的燃烧，而我只是要安静地焚一炷香，借它们的缭绕问候已经走远的你，那坛花雕酒是否还为我留着？

三

这样的夜晚，适合说出爱情。那就继续吧。

爱情是一个人给另一个人的毒药，要苦就一起苦，要甜就甜到底。

不是吗？每一刻时光都撕扯在一起。就像水草，相互缠绕。不管是哪一方先离开，痛的都是彼此。

爱情无非就是爱了，懂了，珍惜了。就是以彼此的烟火色把属于两人的时间填满，就是肝胆相照的两颗心来了个交换。

沉重的、燃烧的甚至毁灭性的爱情，见的多了，便也喜欢上了梁祝的化蝶飞，但我还是喜欢圆满。喜欢在彼此的世界里听到对方的呼吸和心跳。

亲爱，那些故事不属于我们。所以，不管外边的世界多么缤纷多彩，累了，倦了，不执着了，记得回家，那盏灯一直为你亮着。

四

世间所有爱的相遇，都是温暖的巧合。

我只想和你在月河边上盖三间茅屋，种几亩薄田，鸡犬相随。在咱们的房前屋后，遍种菊花。春来听风，秋来赏菊。红炉小火、一杯菊花茶浸润着我们的爱情。

蜿蜒的河道替我说出了想念，一坛女儿红，让花开在了天空。烟雨桥下的星光，在月河里沉睡。此时，云是轻的，心是安宁的。

不说相遇的美，不说一把纸扇上的蝴蝶怎样飞过远山和静水，只说一首诗歌里满满的诺言，还有被你挡在身后的风霜。

我早已忘记了时间之内的一切，时间之外的温暖是蓝色的，是属于你和我的颜色，是月河为你我赋予的美丽。?

五

纸上的爱情也需要保养，这是我一直想说的话。

我把月亮画成一滴水，洇在宣纸上，能够听到水波涌动的声音。

春天离开的时候，桃花还团在一幅画里灿烂。那种安静的美刚好铺展在月河里。因而，我们的世界清澈干净，阡陌红尘里那份缘打开了孤独。我知道，我爱着，我们爱着。

月河，那个用点墨描画江山，描画美人，把雕花门楼描画在心里的人，尘缘还是未了。

六

听说你能来，我花掉了今生所有的时光等在月河之上。那个穿蓝底白花布衣的女子，那个把江南风韵留在眉间的女子就是我。清风轻叩小巷深处的铜门环，一盏灯瞬间点亮了小巷深处的黑暗，就连石子路都写满了期待。

亲爱，我就是月河波心里的漩涡。亲爱，你是我心里的咒语，没有谁能解开。

雾霭深处，月河成了我和你的月老红娘。亲爱，爱上月河，就爱上了我的孤独,爱上了来去聚散的缘。

我喜欢我们的孤独不会让柴火丢弃,也喜欢芭蕉夜雨下的那滴水,它会一直被我们捧在手心,化也化不掉。

状元桥

状元桥，其实也不算高。是桥下的树显得低了些。

在大禹渡，在黄河边，我避开流传了千年的传说，不纠缠于"步云桥"还是"状元桥"的称谓，只想着他们就是一样的木头，有着一样的根。

已经初冬，我和朋友们相约来看你，看你置于苍茫之间的淡然，看你与山与树与水之间的宽度、高度和长度，能否安抚我战战兢兢的内心？让我迈出的每一步都坦荡从容？

桥头与桥尾，两双搀扶的手不离左右。温暖，让山不再高，风不再冷，桥身也不再抖动。桥真的没有路长，或者说桥本身和我一样，时刻在路上。

面对一切尖锐恐惧的东西，我决定随顺。不嗔不怨，回到自己的内心，无挂碍，所以无有恐怖。

神　柏

一直相信，一种东西在覆盖另一种东西前，总要掩盖一些不可言说的意念。

神柏的高度是一棵树灵魂的高度，是温暖，是宁静，是远眺黄河时的辽阔和从容。

透过神柏的遒劲，我看到了大禹，看到了坚韧的力量。

多少年来，神柏选择依水独立，选择在黄河的黄里，洗濯自己，尘世的繁华与喧嚣已然无痕。

此处的苍茫与别处的又有何不同？

在雷雨和霜雪之间，不管是孤独还是繁盛，神柏始终擎着自己的风骨，供养着慈悲。不需要谁替他说出对这个尘世的爱有多深，只要行走于天地之间，能天天看到母亲河或轻缓或急促的流淌，就安然了。

至于堤岸，一直在心里。

花开现观音

19米只是世俗的高度，在一些人心里可以忽略不计。

你肯定坚信，我会来，会忘掉右膝的疼痛来寻你。从禹王庙下来一步三摇，台阶多少没有细数，只想着一睹观音的真容。

让心暂时离尘出世。退一步是为进两步。

只要我能地见到你，只要春风一来，我就是你身边的水。

我望着你，你看着我，多么美好。

有缓缓盛开的莲花，不远不近。一寸一寸地将慈悲和宽容举上头顶。

初雪，一阕清词

一粒雪，把自己溶在一个人宽厚的掌心。

此时，唯一能做的就是温一壶菊花酒，然后作诗，抚琴，弄筝。

天地之间，谁的倾诉也经不住红尘消磨。能够一饮而尽的不仅仅是水，是酒，还有万般风霜。

初雪天，把心放空。听风，听来自内心的痴言痴语。每一粒雪都是一个精灵，守着自己从来就不增不减。消融在枯叶和缝隙里的是它们的虔诚，它们的辽阔。而每一粒雪都是我的镜子，是我怀揣着的月亮，所有的光芒给了曾经的山川和河流。

丘壑在世间，更在人心间。初雪日，我不是我，和雪一样，忘记开始也遗忘了结果。

瑞云寺

一步步,暮霭斜飞。

我和瑞云寺之间隔着一个个传说,一只芦苇便能让人过江,而我的岸又在哪里?

瑞云寺的夜是从一颗松针的坠落开始的。有微风吹来,佛不说、不动。

寺院中间,那座耸立了八百年的石塔散发着檀香的味道。

大殿安静,万物安静。

弥勒的微笑与我近在咫尺。

此刻,一首诗不如一个长句,一个长句不如一个眼神。

斜阳下,瑞云寺周围的草木不问世事,大彻大悟。

再访瑞云寺

生命无须太多陪衬，需要的仅仅是一种陪伴。

刚在佛前点了灯，寺院周围的白云就将自己的羽翼覆盖住了大殿的边角。只咫尺之遥，却无法企及。

遥望远天，仰望山顶上那座历经风雨的碉楼依然执着地站在那里。

佛说"直心是道场"，如果你不是你，我忘了我，那么所有的时光便长满莲花。

一切如露亦如电。那些看不见的根须在风霜里也有泪水。尘世间遍地是热闹而孤寂的灵魂，你来我往，终究是过客。

登上寺院前的山，每一块石头慈眉善目，它们用相同的速度和方向说着尘世的火焰和光芒，沉浮内心的柔软，不用为彼此着戏服戴面具，演着一出又一出别出心裁的戏，不需要用一种虚假敷衍另一种虚假。

落日下归鸦回巢。我和木鱼一起，缩减内心的疼，恨有多少爱就有多少。

隐于繁华中的雁门长城

一

光在尘上,而尘在羌笛与明月之间。

一座站在马背上的关隘与城池,只有俯下身来,贴紧它的心脏,才能感觉到它铿锵有力的心跳,感受到它的体温。

如果能与一缕掠过斑驳青苔的阳光一起站在雁门长城上,就会找到远去的烽烟,找到胡笳角声里的残阳,找到一滴酒里的鹧鸪声。

雁门长城,是横亘在许多人心头挥之不去的刀光剑影之梦。

梦有时轻,有时重。

雁门长城用时间测量着世间的温度,测量着一只只箭镞和一杆杆长枪的悲欢。

风从雁门长城上吹过,也从几个单薄的字词间吹过。

二

风想吹就吹吧,不用询问理由。就像我来登雁门长城,也不是为我自己,也不需要理由。

落生旷野。三千年。物是人非事事休。

马革裹尸、长歌当哭,谁与谁比肩?谁与谁同行?谁与谁饮下夜光杯里离乡的酒?

雁门长城纠缠于文字里的是是非非，必定有着锥心之痛，是一滴滴血泪凝成的城。

"角声满天秋色里，塞上胭脂凝夜紫。"李贺诗歌里的"紫塞"逶迤绵延，山岩峭拔，雁门关的豪迈、苍凉和雄浑从金戈铁马、鼓角争鸣的历史里走来。

雁门关，这座经历了140多起战争的地方，饱经人间沧桑，凝聚着历史烟尘。汉与匈奴、晋与鲜卑、隋唐与突厥、两宋与契丹，一场场战火，一次次风云，既有烽火里的铁血刚强，也有纷争之外的安详。

勾注山，雁门关。刚与柔，横与纵。狼烟起，豪杰生。

三千年，雁过雁门，热血儿郎啊魂断雁门。哪一个不是把日子里的寒冷和锋芒安置在一壶浊酒里？

雁门关裹着剑戟风雨，屹立千年。

那些梦断雁门的人，在一页页史册上摇旗呐喊或鸣金收兵。狼烟四起的曾经，谁会在古筝里弹奏出一份落寞，一份日落后的苍茫。

三

一管管羌笛的幽咽度化着来往的鸟兽。

"葡萄美酒夜光杯，欲饮琵琶马上催。醉卧沙场君莫笑，古来征战几人回。"面对茫茫沙场和酒筵，他们错失了家的温暖，厚厚的盔甲、长矛箭镞是他们甩不掉的宿命，唯有在一滴滴酒里倾诉着自己的铁血柔肠。

一场场别离一场场相逢，一场场情感的微澜起起伏伏。

时光纷纷滑落。

一场场战争，一场场追逐。一曲琵琶曲终了，恍然已千年。

还原，粉碎，再还原。沧桑中的风雨就像那只口衔芦叶的大雁，再一次斜着身子飞过雁门。

雁门在一匹匹马蹄声里，诉说着空旷，诉说着一把把生锈的刀抽刀断水。流水却无痕。

四

"千载琵琶作胡语，分明怨恨曲中论"诗人眼中的昭君是悲伤的。千里黄尘、万重关山之外，昭君幽怨的琵琶声惊落了南飞雁。策马奔驰、胡笳悲鸣之间，出雁门，一步三回首，故国成天涯。

汉元帝于昭君就是个遥遥无期的梦。昭君于历史若即若离，若是若非。

"一身归朔漠，数代靖兵戎。若以功名论，几与卫霍同。"青冢墓碑如是记。

雁门长城会记得历代战争中的累累白骨，会忆起茫茫大漠上那一缕缕思乡的眼神，会对昭君这个弱女子生起不尽的怜惜和感叹之情。

五

苍茫之间的人间烟火，载着一波又一波歃血为盟的江湖，英雄不倒。羌笛声里的柔情吹断明月，吹不断豪情。

雁门长城正悄悄摆渡着草木，闪电和霹雳。三千年的雁门长城，十八隘口的辉煌与衰落，被岁月的刀锋消解得越来越薄。

我知道，雁门长城的历史流传得越久越长，我就会越渺小。若一粒尘埃被人间烟火点燃，于苍茫中渐行渐远。

皮　囊

一

也许，这一生我都无法将自己从一场梦中折出。

心灵的狂欢是暂时的，它是挣脱繁琐以后的即将走向的那些庄严，那些悲伤。直至将近在咫尺的灵性泯灭，只剩下这身空空皮囊走向衰老。

从无始劫来，应缘而生，应缘而灭。

这身皮囊，开始老化，开始出现松弛，斑点，以及自上而下、从里到外的伤痕。每一处都迷失了本性，跌落到如云如雾的一个玄幻的舞台，每一次都是劫，都是果。

二

我开始讨厌这身皮囊。讨厌它带着人们的喜好和厌恶一直在纠缠。因而梦就开始在一个人的生活里行走。世俗气、烟火味、逍遥叹便成了人间的浮世绘。

梦，从不同部位不同地点开始攻击。从体内和体外，甚至从在清醒时未曾注意的各个细微处发起攻击。

大风起兮云飞扬！是谁在山水间寻找侠肝义胆？侠士也好，义士也罢，那份俯仰天地的豪气渐行渐远，碎片化的繁复与累赘终究得不到开示，终究敌不过一场说来就来的风暴。至于温暖，是偶尔降临的一个片段，是为某个情节的需要而铺设的道具。

三

心灵在某个角落被唤醒。在一个被唤作故乡的地方，仍然上演着悲欢离合。

越来越喜欢萧瑟，喜欢残缺，将一个又一个美好的光圈抛弃。他们要求我，要快乐，要健康，要活色生香，风生水起。可是我总会忘记他们的好意，就像忘记自己只是一条河流之中的一滴水，是随它的奔突而忙碌的一部分。那些零落，那些凋敝，同样被这条奔腾在生命里的河流淹没。

没有开始也就无从结束！

而这身皮囊很顽强。落寞的时候它竟然会闪闪发光，自己演戏给自己看，独角戏里从不缺的就是惆怅；被折损的时候它会对抗大片的苍茫，让月亮更像月亮，而不再借太阳的光辉而存在而熠熠生辉。有时候它像会巫术的术士，凭几粒浮在身边的尘埃掐算出一个人疼痛的具体方位。有时候它会残忍地将自己折叠，就像折叠一摞白纸一样，一节一节地打开，然后再一次又一次地组装，它会瞬间移动，之后换了一个又一个新的脏器，让时间领养它的乖戾和善良。

四

还是回到梦中吧。梦里花落不曾少！看不见的陷阱和躲在暗处的弓箭,随时将清风明月攻陷。你方唱罢我登场的戏份永远不会落幕!

所有消失的部分在某个时间段汇集在那里,不惊不怖。不管是金戈铁马,还是满目繁华,最终都是一般的凄凉,一样的荒唐。

五

一切都在改变。

就像现在,我借用这身皮囊敲打着键盘,敲打着看不见的秋风,敲打着尘世间的薄凉。草木的荣枯和人世的浮沉,谁也制止不了,也没有制止的欲望。

就像总有一些相似的灵魂,会在某一刻爱上孤独,爱上退隐的江湖。

做一个温暖的人（后记）

一

一直渴望世间温暖，人生温暖，所以很早以前，就给自己取了温暖这个笔名。很多朋友问起过其中渊源，我笑笑，无他，只是喜欢这两个字背后透出来的温度和光芒。

不需要多少人说这个人多么多么好，只要见过的人听见有人说起这个人的时候能够露出微笑。我一直希望自己就是这个人。

在这些诗歌里，我不断地抛弃自己，又重新构建自己。不管什么样的文字，用什么样的表达方式来写，写什么，都是为了在某一刻找回自己。

这本小集子记录的山水、寺院、小花小草以及行走途中所遇所感都是真实的。只要写下它们，我就会有一种轻松感甚至仪式感，觉得此生不枉相逢一场。

它们弥补了我的不善言辞，它们替我说出尘世卑微，说出冷暖自知，说出更多的我不能言说的真实。它们是我行走途中的伴侣，是我所有困境下的知己。

感谢它们的存在，是它们让我时刻提醒自己，有那么多的人需要爱，那么多的人需要善，那么多的冷需要抚慰，而我就是实践者。

仅此而已。

二

我的腿注定走不了很远的路,所以很多时候,我选择安静地读一些文字,或者坐在那儿,什么也不干,脑子却不闲着,想东想西,想到精彩处,在心底叫一声好,然后写下来,不问结果如何。我的诗歌基本都是这种状况下"生"出来的。我把它们捧在手心里,像孩子一样地爱着。

我是个让文字替我走路和飞翔的人。不管走得远不远,飞得高不高,只要有一个人能品出其中滋味,能在我想要抵达的地方,为了我的局促和迟缓停下来等一等,甚至露出笑脸,我就开心、知足了。

有很长一段时间,因为遭遇到了不少事情,让我心情灰暗。那时候诗歌不来"找"我了,我感到前所未有的窒息,同时为自己感到悲哀。

它们不替我说话了,那我不是要变成哑巴了么?我等着,等着它们回来"找"我,并且相信,一定会回来。

它们还是"找"我了,它们还是让我等到了!

三

但是,回来的文字没有我想象当中的美好。它们有时候犀利,有时候绵软,时而冷静,时而天真。我整个人也变了,开始关闭耳朵,关闭嘴巴,开始习惯了没有棱角的生活、工作。

这时的悲哀才真正来临。它们不回来时,担心自己变成哑巴,回来后,自己成了真正的失语者。

当我有意无意给写下的每一个文字穿上隐身衣的时候,我早就不是我了。

语言的缺口找到了,我把自己弄丢了。

四

相信尘世美好,时间是疗伤最好的工具,它会替我将人生的温度调到最适合的点上。在拥挤的路上该重逢的重逢,该陌生的陌生。每一次路过,都是别人的渡口,自己的岸。

是的,渡口和岸。我为自己的这个想法快活了很长时间。虽然,这是个老掉牙的说法,但是于我而言,能够找到自己的渡口和岸,比其他人要艰难。

逝者如斯,水流绵延。我既是渡者又需要引渡,从此岸到彼岸,我充其量就是一个摆渡人。

般若是他人的更是我的。

五

我固执地选择让诗歌替我说话,替逝去的万物活着。

诗是诚实和敏感的,诗是无所不能的。

六

生命里出现的一切都是设计好的,也相信一切都是最好的安排。

期待中的圆满仅限于期待。也许,圆满本身并不圆满。

七

走着走着,发现转了一大圈又回到了原地,有点不知所措。

突然醒悟,爬山踩到的碎石,过河湿了的衣衫,粘在裤脚上的苍耳,飞了的风筝,断柄的伞,别人或褒或贬或真或假的话，这些已经长在生命里的镜像成了一辈子不可复制的记忆。

"我们回到了原地，是为了重新出发，走得更远，所以我们必须积聚力量，奔跑起来，以至于飞上天空。"（王安忆《无韵的故事》）。心底的断崖开始平复，明亮而温暖。

所以爱！

八

我爱，世界的孤独、漂泊、艰难和残酷，也爱世界的小清新和温暖，更爱泥沙俱下的人生碎片以及那些还未曾说出来、看不到的一切。

消失的和正在生长的一切让我安静，我再次确定雨是水，泪也是水，即将到来的雪仍然是水。它们是我生命里不可或缺的一部分，是潜藏在我血脉里的河流，有时燃着火，有时结着冰。我用自己的温度来解释和接受它们的存在，我是时光背后尽量保持完美的那个人。

九

在尘世间，我们每个人都是漂泊者。

"选择你所喜欢的，爱你所选择的。"（托尔斯泰语）我一直把这句话搁在心上。也许，有人会怀疑甚至耻笑，那是他的事情，与我，与诗歌无关。

十

我写诗，是因为诗的神性，我需要它作为我通向世界的通道，更需要它们与我相互取暖。

我要用自己的时间喂饱这些灵性的文字。

诗歌是我的宗教，一个瞬间即是永恒。

十一

我知道，与自己的相遇很难，必须绕过一座座神坛，绕过生锈的时光，摒弃掉一次次大张旗鼓出动的疼痛。要让自己像蓬勃的，向上的一株植物，不惧风霜也就没有风霜了。

从开始到结束，痛是自己的，每一次穿肠而过的草药都得自己饮下、自己吸收和消化，何必惊动别人？

所以，我的诗歌有人来读，和我同喜同忧是幸福的；能够写一些诗歌，或者说是看起来像诗歌的分行文字，也是幸福的；能够得到很多人的鼓励和支持更是幸福的。

爱着，幸福着。

想着四十多年经过的种种，微笑着，这又是多么幸福的一件事情！

十二

记得叶芝说过这样一段话："如果我们理解自己的心灵，理解那些努力要通过我们的心灵来把自己表达出来的事物，我们就能够打动别人，不是因为我们理解别人或考虑别人，而是因为一切生命都是同根的。"

万物同根，在我笔下醒着的万物只有温暖，唯有温暖。

立秋日记之。

2017 年 8 月 7 日上午